トム・クランシー＆
スティーヴ・ピチェニック
伏見威蕃/訳

殺戮の軍神(上)
God of War

扶桑社ミステリー
1653

TOM CLANCY'S OP-CENTER:
GOD OF WAR (Vol.1)

Created by Tom Clancy and Steve Pieczenik

Written by Jeff Rovin

Japanese translation and electronic rights arranged with
Jack Ryan Limited Partnership and S & R Literary Inc.
c/o William Morris Endeavor Entertainment LLC., New York
through Tuttle-Mori Agency, Inc., Tokyo

殺戮の軍神（上）

登場人物

チェイス・ウィリアムズ——元オプ・センター長官

ハミルトン・ブリーン——陸軍少佐。ブラック・ワスプのメンバー

グレース・リー——陸軍中尉。ブラック・ワスプのメンバー

ジャズ・リヴェット——海兵隊兵長。ブラック・ワスプのメンバー

ワイアット・ミドキフ——アメリカ合衆国大統領

マット・ベリー——大統領次席補佐官

トレヴァー・ハワード——国家安全保障問題担当大統領補佐官

ジョン・ライト——アメリカ合衆国次期大統領

アンジー・ブラナー——政権移行チームのリーダー

ベッカ・ヤング——公衆衛生局長官

シヴァンシカ・ラジーニ——大統領科学顧問

ジャネット・グッドマン——堆積学者

ユージン・ファン・トンダー——マリオン島前哨基地南アフリカ海軍即応部隊

ティト・マブザ——南アフリカ海軍ヘリコプター・パイロット

マイケル・シスラ——同即応部隊通信士

カティンカ・ケトル——宝石学者

クロード・フォスター——鉱物探査収集調査会社《MEASE》のトップ

トビアス・クルメック将軍——南アフリカ国防軍情報部部長

グレイ・レイバーン中佐——南アフリカ海軍健康管理部部長

バーバラ・ニーキルク——南アフリカ保険相

プロローグ

南インド洋　高度三万五〇〇〇フィート
十一月十一日、午後〇時九分（南アフリカ標準時）

研究室を離れて南アフリカ航空のエアバスA‐330‐200に乗るのは、ドクター・エイミー・ハウアドにとって、心地よいしばしの息抜きだった。

四十三歳の内分泌学者のエイミーは、一年に四回、ケープタウン大学オコネル研究所からパースのノートルダム大学オーストラリア内分泌学センターへ行く。

現在、その二カ所の科学研究所は、活動が亢進《こうしん》した甲状腺《こうじようせん》の治療に強化した放射性ヨウ素を使用する研究を行なっている。製薬会社のエンドーXXが五年分の助成金を提供しているだけではなく、重要な研究を確実に実行させるために、研究者たちがじかに会うことを要求している。エンドーXXにはふたつの社是がある。公式の社是は〝すべては健康のために〟、非公式な社是は〝重要なものはすべてオフラインで〟だった。

ドクター・エイミー・ハウアドはそれでかまわなかった。エンドーXXの秘密保全への懸念《けねん》のおかげで、曲がりなりにも社会生活らしきものを営むことができたからだ。エイミーの仕事も人生も、〝あのろくでもない腺〟を治療するあらたな方法を見つけることが中心になっていた。エイミーは十歳のときに、母親を甲状腺癌《がん》で失っていた。

フライトは三時間遅れで、四十五分前に出発した。エイミーは搭乗するまでターミナルのプラスティックのバケットシートに座り、いまはクッションの効いている快適な座席に座っている。ほかにやることはなかった。ビジネスクラスの座席はかなりゆったりしているし、左側の通路も広く、右側の禿《は》げ頭の大男は、静かにタブレットで映画を見ている。赤い光と、明滅する白い光が、そのスクリーンからかなり拡散していた。枕《まくら》が何気なくアームレストにしっかり押しつけられ、光の大部分を遮っていた。

にぎやかな光も、エイミーにはたいしてわずらわしくなかった。男は上機嫌だった。ときどき、スクリーンに向けてしゃべっていた。海を眺められるようにしつつ、まぶしさを避けるために、男は何度かシェードを調節した。この時期には、午前四時三十分前から午後八時まで、激しい陽光が照り付ける。快適な薄暗がりを確保するのは、つねになかなか厄介だった。

男はときどきエイミーのほうを盗み見て、嫌がられていないかどうかをたしかめた。心配する必要はなかった。命にかかわる癌を毎週、目にしているエイミーは、些細《ささい》な邪魔など気にしないようになっていた。それに、混んでいる飛行機に乗るのは、自分が満足を得られる仕事をやっている代償だった。親しい友人になった香港の内分泌学者ドクター・マギー・ムイといっしょに過ごすのを、エイミーは楽しみにしていた。エイミーは小柄で痩《や》せていて、だいぶ前に離婚した。マギーは長身で運動好きで、夫と幼い娘がいる。ふたりとも認めていなかったが、だれがもっとも幸せなのかについて、実証実験のような研究をやっていた。

分析が習性になっている医学者になったら、どんなときも分析から離れられないと、エイミーは思った。

男の向こう側、シェードを半分おろした窓から、ときどき反射する陽光にきらめくなめらかなブルーの海面が見えた。南極大陸の方向の遠くで稲光がまたたいて、それに華やかさを添えた。一世紀前に冒険家たちが南極の氷上をもがき進み、凍《こご》えと飢えのために死にかけたことを思うと、エイミーはいつも激しい驚きに打たれる。

そして、わたしはここで、ノートパソコンを用意し、空になったピーナツの袋と、ペリエを前にして座り――。

ノートパソコンのことを考え、そろそろ仕事をしなければならないと感じた。ドクター・エイミー・ハウアドは、最新の研究について何日分か出遅れて、しばらく確認していなかったので、座席の下に入れてあるキャリーケースに手をのばした。

エイミーのとなりの座席の男が、急に激しく咳《せ》き込んだ。座席ベルトを締めたまま体を折り、額を前の座席にぶつけるほど激しい咳《せき》だった。イヤホンが吹っ飛び、タブレットの映画のキンキン響く悲鳴が、エイミーに聞こえた。

エイミーが男のほうを向くと、男の体が感謝祭のパレードの風船のようにゆっくり膨らんだ。

エイミーのうしろのあちこちからも、耳障りな咳が聞こえてきた。インフルエンザの最初の兆候のように、急に胸の奥がチクチクするのをエイミーは感じた。咳ばらいをしたが、チクチクする感覚はひどくなった。

エイミーの隣の座席の男は、もとの姿勢に戻ったとたんに二度目の咳き込みがはじまり、また前のめりになった。今回は、前の座席の背もたれが、点々と血に染まった。

また血を吐いたときに備えて、エイミーは通路側の肘掛《ひじか》けのほうへ身を寄せた。

「すみません――すみません――」男が、ニュージーランドなまりの英語でいった。

「心配しないで、わたしは医者だから」エイミーは、ペリエの小さなボトルを男に渡した。「これを飲んで。フライトアテンダントに知らせるわ。あなたを地上におろしてもらわないといけない」

エイミーは通路に身を乗り出して、フライトアテンダントを捜した。ひとりも見当たらなかった。喉《のど》がむずがゆくなるのがわかった。乾燥した機内の空気を吸いつづけているせいだろうと思った。

座席ベルトをはずすと——むずがゆさが下腹の焼けるような痛みに変わった。前の座席の背もたれをつかんだとき、痛みが急激に悪化し、熱くなった。消化不良の不快感よりもずっと激しかった。それがあっというまに喉にこみあげ、口にむけて噴出して、首の筋肉がぎゅっと収縮した。エイミーは咳き込み、血と痰《たん》らしきものが口の奥へこみあげた。

肉体が戦っているあいだも、エイミーの頭脳はせっせと働いていた。

ピーナツ？　飲み物が汚染していた？　換気に有毒ガスが含まれていた？　それとも腸チフスのメアリー（一九〇〇年代にニューヨーク市周辺で腸チフスが散発したとき、気づかずにそれを拡散した健康保菌者）が乗っている？

エイミーは、前の背もたれに胸をもたせかけて、生唾《なまつば》を呑み、気を持ち直そうとした。キャビンの暗い明かりのなかで、立っているのが自分ひとりだということに気づいた。通路に出ようとしたとき、機体が急に振動し、機首がすこし下がった。エイミーは前のめりになって、背もたれをすこし越えた。下では若い男が、口を手で覆って咳をしていた。

「なんだ、これは？」男がわめいて、血にまみれた指を口から離した。

そのとなりでは、女が血を吐いていた。

エアバスが姿勢を回復し、機内放送のスイッチがはいった。メッセージはなく、咳の音と、座席ベルトを締めるようにというフライトアテンダントの注意が途中まで聞こえただけだった。

そのとたんにまたエアバスの機首が、さきほどよりも大きく下がり、こんどは姿勢を回復しなかった。あちこちで悲鳴があがり、それに咳が入り混じっていた。また熱い痛みが食道からこみあげ、エイミーにはそれもほとんど聞こえなかった。体のなかで肉が燃えているような感じだった——肉が溶けている。そんなことがありうるのか？

膝《ひざ》の力が抜けた。エイミーは、自分の座席と前の座席のあいだのフロアに倒れて、胎児の姿勢になった。のけぞって、何度もくりかえし咳き込んで血を吐いた。顔の上で霧のようにひろがった血が、顔にふりかかって、顎《あご》から流れ落ちた。上を見ると、となりの座席の大男が肘掛けの上で身をかがめて、ゲエゲエ吐いていた。

タブレットのスクリーンの光で、男が吐いているのは食事ではないとわかった。自分の体を吐いていた。体の内側を。眼球が剝《む》き出しになり、気道があいていたら、悲鳴をあげていたはずだった。エイミーも叫びたかったが、炎がこみあげていたし、それだけではなかった。喉と鼻腔《びこう》が、血よりもどろどろしていて金属のような味がする物体でふさがっていた。その物体が流れ出すように、顔を下に向けようとしたが、機首が下を向き、甲高《かんだか》い音とともに降下していたため、座席下の物入れに押し込まれた。悲鳴をあげることも、息をすることも、胃からこみあげて洞（鼻のうしろにある頭蓋骨のくぼみ）を着実に満たしているどろりとした液体を排出することもできなかった。

そのとき、吐き気がこみあげて、エイミーは咳をして、口と鼻に詰まっていたものが勢いよく押し出された。となりの座席の男の血と組織もおなじように押し出され、乗客が喉をゲエゲエ鳴らしたり吐いたりする音やうめき声が、四方から聞こえた。

エイミーはもう息をすることができなかった。酸素マスクが、あざけるように上にぶらさがっていた。なぜか体の奥が冷えて、さむけとふるえに襲われた。

急激な……発症……肺炎……エボラ……。

医学的に、それはありえない。

サリン・ガス……エイミーは思った……テロ行為？　なんであるにせよ、あっというまに命を奪う。意識が残っていた最後の瞬間、エイミーは携帯電話を出して、起きていることを記録しようとした。右頬をバッグに押しつけた。バッグのなかを手探りしようとして――。

吐いても喉が熱くなるだけで、なにも出てこなかった。それと同時に、血が視界を曇らせ、耳に詰まった。自分の乱れた速い脈拍も、そのせいで聞こえなくなった。

前に突き出した指がふるえた。ゼイゼイ息をしながら空気を吸おうとしたが、肺が取り外されたような感じで、胸がうつろに感じられた。

隣の座席の男が吐いていたのは、肺だったのか？　液化した臓器だったのか？

エイミー・ハウアドは、その可能性を考えるひまもなく、携帯電話をつかむこともできずに死んだ。マリオン島の南の荒れ果てた岩場の海岸にエアバスが急降下で墜落したとき、その衝撃を感じることなく。エンジン全開で急降下して墜落したエアバスは、高さ一〇〇メートルの火の球と化して、永久凍土層を溶かし、現場近くの植物に覆われた倉庫群を消滅させた。爆発は海側にひろがって、マリオン島南岸のクローフォード湾の海岸線で営巣している海鳥を殺した。

1

南アフリカ　マリオン島
十一月十一日、午後一時三十三分（東アフリカ標準時）

マリオン島に生息しているのは、南アフリカ海軍将校三人、数千羽の鳥、数万匹のネズミで、地響きを引き起こした衝撃により、すべてが眠りを破られた。クローフォード湾の科学研究所に研究チームが宿泊することもあるが、いまはいない。

正式な名称はポイント・デュンケルだが、〝ポイント糞の山《ダング・ヒル》〟と呼ばれているシンダーブロックの大きな掩蔽壕《えんぺいごう》が、数秒のあいだガタガタと揺れて、カウンターからカップが落ち、壁の絵が傾いた。防寒用の厚い裏地付きの軍服を着た男たちは、窓のない監房のような部屋からドアと建物の南と北に面している窓のほうへ駆け出した。

「東のほうに炎が見える！」五十九歳のユージン・ファン・トンダー中佐が、あいたドアから、あとのふたりに警告した。

　チームのヘリコプター・パイロットで四十歳のティト・マブザ大尉が、ふるえながら霜に覆われた出入口のトンダーのそばへ行った。火災が起きている場所は一・五キロメートル以上離れていると断定されたが、かすかな熱気が漂ってくるのがわかった。横殴りの風が強く、速いので、熱が拡散せずに吹き寄せられていた。

「火山ですかね？」マブザがきいた。

「ちがうと思う」ファン・トンダーが、においを嗅《か》ぎながら答えた。「なんの前触れもなく噴火が起きることはないだろう？」

「けさ報《しら》せがありましたよ」二十歳のマイケル・シスラ少尉がいった。「かすかな輝き、ガスの噴出のような」

「それはプリンス・エドワード島（マリオン島の北方）だった。ここではなく」ファン・トンダーが首をふった。「それに、ジェット燃料が燃えているようだ」

「サイモンに連絡します」シスラがいった。

　南アフリカ海軍の艦隊司令部があるサイモンズ・タウンのことだ。

「見に行こう」ファン・トンダーは、マブザに向かっていった。「生存者がいるかもしれない」

廊下に仕掛けたネズミ捕り六個をたくみによけながら、三人はそれぞれの部屋に戻った。戸外用の装備を身につけながら、ファン・トンダー中佐は自分が見て、聞いて、感じたことを分析した。声に出さずに、神に祈った。墜落したのは旅客機にちがいない。プリンス・エドワード島とマリオン島は、南アフリカへ向かう航路の周辺にある。いっぽう、研究用の航空機は、豊富なデータを得るために、南極大陸沿いを飛ぶことが多いし、マリオン島には軍用機が近く通過するような戦略的価値はない。南アフリカ海軍が短距離か中距離のウムコント・ミサイルを試射するときでも、わざわざ南東へ九五五海里も航海する必要はない。

マブザが最初に身支度を整えて、濃いグレーのウェストランド・リンクス・ヘリコプターに向けて走っていった。メインローターの回転斜板《スワシュプレート》とテイルローターのギアボックスを覆っていた防寒防水布をはずして、座席のうしろに突っ込んだ。それから、暖機運転を行なった。ファン・トンダーが急いでつづき、弾倉に十五発装弾されているヴェクターSP1セミオートマティック・ピストルをホルスターに収めるときだけ立ちどまった。島でそれを使ったのは一度だけで、病気のアホウドリを楽に死なせるためだった。ここでの任務の性格に鑑《かんが》みて、乗員は飛行中に武器を携帯するよう、司令部に命じられている。パイロットのマブザは、座席のうしろの留め金にミルカーB

XPサブマシンガンを固定し、ブローニングM1919重機関銃も積んでいた。海賊や軍隊の侵攻はまずありえないが、それに備えてその強力な兵器を据え付けることができる。それを使えば、一・五キロメートル以上の距離から、ターゲットを破壊できる。

ファン・トンダーは出発前に、ヘリコプターと司令部《サイモン》の通信状態をつねに確認するよう、シスラに命じた。飛行する方角によっては、山のせいで司令部との衛星通信が途切れがちになるかもしれない。わずか二十年前には、直接の無線連絡が不可能だったのだから、不思議な感じだった。いまでは信号を宇宙に発信し、衛星経由で話をしなければならない。

ファン・トンダーは、姉にもらった厚いコートのボタンを留めながら基地を出た。姉はダーバンの街のメソジスト聖職者のひとりで、南アフリカの南極調査隊に聖職者として何度か参加したことがあり、そのコートが必要になるはずだといった。そのとおりだった。軍が支給する標準装備のウールの裏地付きフライトジャケットでは、役に立たない。ここでは猛烈な風がやむことなく吹いている。アホウドリは利口な鳥なのに、どうして多くがここに棲《す》むことを選んだのか、ファン・トンダーには理解できなかった。

やつらが怠《なま》け者だからだろうと、なにもやることがないときに、アホウドリを観察しているファン・トンダーは思った。自分が翼をひろげると四メートル近くあるような鳥だったら、つねに大きな揚力が得られるような場所で暮らしたいはずだ。

ヘリコプターは、掩蔽壕の裏手五〇ヤードのところにある平らな自然の巨石に駐機していた。小型のヘリコプターなら、二機が駐機できる広さがある。もっと暖かい時期には、科学者たちが本土と往復する。晩秋と冬のあいだは、知識階級の人間は近寄らない。

ヘリパッドは、前哨《ぜんしよう》基地を行き来するヘリコプターの六十年分のオイルで汚れていた。岸の高い岩場からかなり奥まっているので、鳥の糞《ふん》で汚れてはいない。基地の正面や横を歩くときには、足もとに注意しなければならない。

ファン・トンダーがコクピットに向かっていると、ローターがまわりはじめた。ファン・トンダーはまだ神に祈り、死者のたましいよやすらかにと願っていた。おおぜいが死んだことはまちがいない。風上に顔を向けて目を細め、左のほうを見ると、雲がかかっている太陽がもうひとつあるような輝きが地平線にあり、薄いオレンジ色の炎の上に黒煙が濛々《もうもう》と渦巻いていた。ジェット燃料だけではなく、プラスティック、ゴム、肉の焼けるにおいがしていた——人間だけではなく鳥も焼かれているのだろうと思った。

ファン・トンダーは、乗降口のすぐ内側、副操縦士席のうしろに積まれた食料の箱、救出用ネット、医療品用物入れをまたいで、コクピットにはいった。ここの気象は過酷で、本土と遠く離れているので、嵐《あらし》をしのいだり、応急手当てを行なったりする用意なしで飛行してはいけないことになっている。

機長席と副操縦士席のうしろにも座席がある。ファン・トンダーは操縦資格を持っていないが、マブザの横に座りたかった。ときには――マブザが相手だと、ことにそうだが――言葉ではなく表情で伝えることが役に立つ。それに、ファン・トンダーが横にいれば、手ぶりで指示したときにすぐに伝わる。

マブザとシスラの両方と話ができるように、ファン・トンダーはヘッドセットをかけた。墜落の五分後には、ヘリコプターは離昇していた。

高度二〇〇フィートに上昇したところで、マブザが機体下のスポットライトをつけ、コクピットのカメラを作動して、炎の方角を目指した。見慣れている岩と永久凍土が、眼下を流れ過ぎた。ファン・トンダーは、小さな毛虫に似ているぬるぬるした感じのきのこ食生トビムシがどこで産卵するかということまで知っていた。

長期間、平穏だったのは、思ったほど悪いことではなかったかもしれないと、ファン・トンダーは思いはじめた。

三人は、南アフリカ海軍海上部隊の艦艇・航空機即応部隊に属していた。自然保護区の島で違法な採掘が行なわれているという報告を調査するために、イギリスが放棄した古い前哨基地に、三カ月前に派遣された。それまでずっと、外来種、ことに捕鯨船に乗っていたネズミと猫が、生態系に甚大な損害をあたえていた。南アフリカという国家と自然によって、それがかなり是正された。準軍事政権の共和国指導者たちが――個人としての信念、大衆の狂信的な言動、国際社会の圧力によって――秩序を維持することを強制した。

やがて、おろかにも二〇一九年の水生科学と漁業資源の調査報告が、ダイヤモンドの原石を含有している可能性の高いキンバーライトが島に豊富にあることを公表した。冬の夜間に探鉱が開始された。海軍はそれに対応して、ファン・トンダー、マブザ、シスラを派遣した。

カオジロミズナギドリとケルゲレンキャベツを保護しなければならないと、命令を受けたときにファン・トンダーは思った。

海軍の対応は、いくぶん冷淡だった。ファン・トンダーは任務に忠実だった。あいにく、軍はつねに政治家の命令で自国民の不始末の尻拭《しりぬぐ》いをしなければならない。

ひと月に一度、南アフリカ海軍の補給艦〈ドラケンスバーグ〉が、補給品と燃料を運んでくる。緊急の医療が必要なときには、北東のそう遠くないところにある、ジョニーズ・ヒルとアーサーズ・ヒルのあいだの平地に、航空機一機が着陸できる。姪《めい》や甥《おい》に会えず、デートができないのを除けば――ファン・トンダーは、女たちに会えないのがいちばん淋《さび》しかったし、インターネットはもどかしくて、淋しさを痛感するばかりだった――ここにいることに反対する理由はなにもなかった。静かで、歴史や語学の勉強をする時間があるのが気に入っていた。一日に二度、プリンス・エドワード島とマリオン島の二島を巡回すればいいだけで、あとの時間が自由に使える。それに、巡回にはたいして時間がかからない。前哨基地があるマリオン島の面積はわずか二九〇平方キロメートル、プリンス・エドワード島はもっと小さく、四四平方キロメートルにすぎない。

長身で痩せていて、肌が白く、茶色がかったブロンドの髪のファン・トンダーは、正直いって、軍にどこへ配置されてもかまわないと思っていた。ボーア人で、一九九四年にアパルトヘイト政策のフレデリック・ウィレム・デクラーク政権から、ネルソン・マンデラの挙国一致内閣に移行したときも生き延びた。目立たないようにしたことで、それができた。いまもおなじように目立たずに、羽根かうろこに覆われている生き物と、たまにいる、毛皮に覆われた生き物に観察されるだけの場所で生息している。

「司令部《サイモン》の通信が聞こえない」マブザが、ヘッドセットを使って、ファン・トンダーとシスラに報告した。「風のせいもあるが、煙に含まれる金属の粒子が干渉しているようだ。上昇して沖に出てみる——金属粉の問題が解消するかもしれない」

「重要なことがあれば、わたしが伝えます」シスラが基地から応答した。「墜落したのが軍用機だったとしたら、交信が聞こえていたはずです」

「しかし、ＳＡＣＡＡからなんの報せもない」ファン・トンダーがいった。

南アフリカ民間航空局《SACAA》は、世界中の同種の機関とおなじで、きわめて口が堅い。まず管制塔の管制官に確認してから、航空機に問い合わせ、ソーシャルメディアの数十件の投稿ですでに公になり、動画や画像や目撃者の信じられないという言葉が発表されてから、ようやく〝明らかに〟する。民間の旅客機が墜落したことを。

「ＳＡＣＡＡの周波数は傍受していませんが、なにも伝えられていません」シスラがいった。

「だが、司令部《サイモン》は、われわれが向かっているのを知っている」

「もちろんです、中佐」シスラがいった。「それをＳＡＣＡＡに伝達するとのことです」

「ありがとう。民間航空の関係機関はくだらない管轄にこだわることがあるが、わたしは続報の記録がほしい」

「わかりました」

「まったく、役人どもときたら」マブザがいった。

たしかにランチタイムの最中だし、役人どもは午後に一杯やるのが好きだとはいえ、SACAAのだれかが、現場に近い人間に連絡するのが当然だった。SACAAの対応は、軍の機構に疎外されているのかもしれない。司令部はみずから任務を指揮したいだろう。軍の官僚機構も、かなり強力に抵抗するはずだ。

マブザは、ここにいることにファン・トンダーほど満足していなかった。強い願望がふたつあるからだ。まず、ポート・エリザベスの夜の歓楽に飢えていることを、しばしばあからさまに口にしていた。もうひとつは、自分の技倆《ぎりょう》と関係がある願望だった——新型機のテスト飛行をやるか、戦闘に参加したいと思っていたのだ。

「そういうふうに飛ぶのが肝心なんだ」といういいかたをした。

マブザは、飛ぶものすべてが大好きだった。模型飛行機を設計して作り、航空機器を研究した。マブザのそういった願望すべてからすれば、この任地はよくも悪くもなかった。ここで目に留まる異性には翼があるが、翼があるので研究の対象になった。チームの通信・技術専門家のシスラは、三人のうちでもっとも満足していた。デジタルのものはなんでも大好きで、どこにいるかは関係なかった。ファン・トンダーは、シスラに感謝していた。シスラがこれほど有能でなかったら、チームはたえずインターネットにアクセスすることはできなかっただろう。とぎれることがない風が屋根の衛星送受信用アンテナを揺さぶっていたが、きわめて優秀なシスラ少尉はアンテナの揺れを相殺するプログラムを書いた。シスラはつねに、地球上でもっとも孤絶したこの島が全世界と存分に接続できるように、アップリンクと問題が起きたときの解決策を創出した。前夜も就寝時間前にマブザは、香港の人気ナイトクラブ〈ブギー・ハイツ〉の店内にある防犯カメラの画像を見て楽しんだ。

墜落現場に接近すると、ファン・トンダーはヘリコプターの風防から前方を眺めた。火災は、平坦《へいたん》な低木地帯の六五〇平方メートルほどにひろがっているようだった。

マブザがヘリコプターを沖に向けたことが、功を奏した。司令部からの通信が届いた。

「デュンケル、SACAAから回答があり、南アフリカ航空のエアバスが、そちらの現地時間十三時十一分五秒にレーダーから消えたそうだ」サイモンズ・タウンの艦隊司令部の通信士がいった。「ヨハネスブルクを現地時間〇九四五時に出発した——出発地はそちらの北西約一三〇〇海里だ。残骸《ざんがい》があると思われる地点のおおよその位置は？」

「位置は南緯四六度五四分四五秒。東経三七度四四分三七秒」シスラが応答した。

「ヘリコプターで向かっている」

「データ通信は接続しているか？」司令部の通信士がきいた。

「こちらはユージン・ファン・トンダー中佐だ。ティト・マブザ大尉とわたしは、現場からほぼ二分の一海里のところにいる」ファン・トンダーは手袋を脱ぎ、デジタル・ディスプレーの脈打っている円を押した。「動画がこれから届くはずだ。墜落現場に近づくと干渉が起きるのを覚悟してくれ」

「了……解……した……りがとう、中……」

「すみません」マブザがファン・トンダーにいった。「画像もとぎれるでしょう」

「対処できるかどうか、やってみます」基地からシスラがいった。「司令部《サイモン》はいまSACAAと交信しています——救難信号はなかったそうです。コクピットからべつの送信があったかどうか、彼らが調べているところです。見聞きしたことを教えてほしいといっています——わたしが伝えてから、中佐に報告します」

「ありがとう」ファン・トンダーは、マブザに向かっていった。「レーダーから消えたということだな。高度三万五〇〇〇フィートから、突然、降下したのか」

「突然どころではなかったと思いますね」マブザがいった。前方の残骸を指差した。機体がギザギザに曲がり、内部がみずから起こした火災に照らされていた。「胴体が機首からもぎ取れていて――操縦室が見える」

ファン・トンダーは、円筒形の操縦室――の残骸――が、地上からななめ上を向き、そのうしろの調理室《ギャレー》あたりで、キャビンがある部分がちぎれているのを見た。

「動力急降下で落ちたんだ」マブザがいった。

「動力急降下？　エンジン全開で？」

「そうです。操縦装置の上にだれかが倒れ込んだみたいに」マブザがいった。「意図的にそうしたのか、それとも急に身体能力を完全に失ったのか」

シスラが話に割り込んだ。「中佐、大尉、ヨハネスブルクの管制塔が、エアバスからの通信を受信したと司令部がいっています」

「それなら、機長が自殺したとか、コクピットで格闘したというようなことは除外できるかもしれない」ファン・トンダーがいった。「もしそうなら、乗員の叫び声かなにかが聞こえたはずだ」

「急激な与圧低下も除外できる」マブザがいった。「それなら、たとえ降下中でも、管制塔は警報を聞いたはずだ」墜落現場を指差した。「ほら――四カ所でおなじような火災が起きている」

「それが意味することは？」ファン・トンダーがきいた。

「機首から急降下したことを示しています」マブザがいった。「操縦室が九〇度に近い角度で激突し、それよりもうしろの機体はモーメントによってグシャリとつぶれる――ファーストクラスの機首寄りの部分が、アコーディオンのようになっているでしょう？」

「ああ――」

「機体はそこで曲がって、折れ、あとの部分が平落ちに墜落する。燃料タンクがすべて同時に破裂する」

ファン・トンダーは、司令部からの通信を聞いた。

「これから派遣する……救難飛行隊を、デュンケル」司令部の通信士がいった。「調べ……異常に思えることがあれば」

「ありがとう、サイモン」シスラが応答した。「サイモンが――」

「ほぼわかった」ファン・トンダーがいった。「海からの異変かなにかがなかったかどうか、聞いてくれ。たとえば軽対戦車ロケット弾のようなものだ」

　シスラが、それを司令部に伝えた。

「ヨーロッパとアメリカに、そういうことを調べるために、衛星画像を要求したそうです」シスラがいった。「でも、ふと思ったんですが、中佐。けさ受信した送信を憶えていますか？」

「漁民からの？」

「そうです」シスラがいった。

「日報に記録した。プリンス・エドワード島のシップ・ロック沖で異常な熱が発生したらしい、ということだな」

「司令部からたったいま届いた飛行経路を確認しているんですが」シスラがいった。

「エアバスがレーダーから消えた地点が、シップ・ロックの緯度と一致しています」

「距離は？」

「ええと――二七海里です」

「遠いし、あまり関連がなさそうだな」ファン・トンダーはいった。

「そうですね」シスラがいった。「でも、この要素を考えに入れると――シップ・ロックとエアバスの高度差を度外視し、異変が起きた場所とエアバスの高度がおなじだったとして――南極大陸の東風と、その北の西風を計算に入れると、重大なことが起きます」

「なにが起きる?」ファン・トンダーはきいた。

「シップ・ロックの上空になにがあったにせよ、エアバスの航路にまともにぶつかるんです」

2

ヴァージニア州スプリングフィールド
フォート・ベルヴォア・ノース
十一月十一日、午前五時四十五分（東部標準時）

チェイス・ウィリアムズは、つねに早起きだった。軍隊勤務でそれを強いられていたときだけではなく、ワシントンDCに来てからもそうだった。六十一歳のウィリアムズは、ウォーターゲート複合施設《コンプレックス》の共同組合アパートメントで独居し、ヴァージニア州まで通勤している。迅速《じんそく》な動きをさまたげる官僚機構の仕組みが腹立たしいだけではなく、道路の混雑も大嫌いだった。

夜明けとともに起きると、心地よいオレンジ色の光を浴びて腕立て伏せと挙手跳躍運動をやる時間がある。それから、ざっとシャワーを浴びて、季節に合わせたスーツを着て、保温容器いっぱいにコーヒーを入れる——国防兵站局《ＤＬＡ》内の自動販売機は意地が悪く、紙幣はすべて偽造だと思っているかのように受け付けないのだ——それから、割合空《す》いている道路を走る。

それに、ビルの壁が朝の太陽のおかげで天使のように純真無垢《むく》に輝いているあいだに、このあらたな勤め先に到着するのは、どこか皮肉な感じだった。神がそのジョークに関わっているのではないかと、ウィリアムズは想像していた。ＤＬＡに純真無垢なところなどまったくない。

かつて大農園だったところに建設され、ＤＬＡ初代長官アンドルー・Ｔ・マクナマラ陸軍中将にちなんでマクナマラ本部施設群と命名された五階建てビル九棟は、広大なフォート・ベルヴォア施設群（アメリカ国内の陸軍駐屯地の多くに〝フォート［砦］〟が冠されている）の一部だった。この駐《ちゅう》屯地《とんち》には、さまざまな施設に加えて、デイヴィソン陸軍飛行場が、ワシントンＤＣの北西二四キロメートルという戦術的に便利な場所に置かれている。

国防総省の一部門であるＤＬＡは、公の戦闘と秘密活動の両方で、世界中の戦闘支援の拠りどころだった。落ち着いた外観からは、ＤＬＡのたえまない多忙なあわただしい機能は想像もつかない。半円形にならんだビル九棟が、大きなリフレクティング・プールと、テニスコート、バスケットボールコートを囲んでいる。ビル正面の一階と二階は白、三階以上は赤茶色の煉瓦《れんが》だった。わざと大学のキャンパスに似せて設計されたこの施設群は、行動ではなく理論の本拠、シンクタンクだった。

大統領自身のアクセスコードを使ってここで働くようになってから、ウィリアムズが最初に発見した事柄のひとつは、地球上のすべての政治・軍事・神権国家のテロリスト暗殺のための現用ファイルがＤＬＡにあることだった。ウィリアムズはこれまで知らなかったが、どの分野にも国内のターゲットが含まれていた。それも国家や大統領府の敵とは限らなかった。これらの情報は、このビルそのものの非合法作戦集団から収集した――〝ハッキングした〟とマット・ベリーはいった――ものだった。

ファイルの多くは、毎日、更新されていた。ムハンマド・オベイド・ビン・サーディーの薄いファイルもあった。フーシ派のテロリストに資金を提供していたサーディーは、重大事件の共犯で、ここでのウィリアムズの最初の任務に関わりがあった。

いまはまだ加筆されないが、いずれそのファイルに付記が加わる。それにはＢ――ミドキフ大統領の次席補佐官マット・ベリー――という署名が添えられるはずだった。そもそも、ウィリアムズをワンマン・オプ・センターとしてここに配置したのは、ベリーだった。ベリーは押しが強く、現実的で、想像力がとぼしく、利己的な嫌な人間だったが、それでもウィリアムズの最大の後援者だった。

ウィリアムズはオプ・センター長官だったころから、ＤＬＡが政府の非合法作戦や秘密活動の最大の宝庫だという噂《うわさ》があることを知っていた。ＤＬＡのステファニー・ヒル長官は、大統領を含めた政府のどんな人間よりも強い力を握っていると――かなりひそかに――ささやかれていた。ヒルは最高司令官である大統領とはちがって、高名であることや説明責任という障害に足をひっぱられていない。

この秘密には、もっともな理由があった。中央情報局《CIA》、連邦捜査局《FBI》、国家安全保障局《NSA》には、闇の政府《ディープステート》の秘密漏洩《ろうえい》者、アナーキスト、反対派、スパイが生息している。そのため、ＤＬＡは幅広い指揮構造のある部局という形をとっていない。ヒルの配下に腹心が数人いるだけで、横のつながりもない。

ウィリアムズは世間知らずではないし、驚きもしなかった。ウィリアムズの仕事人生の大部分は三十五年の海軍勤務で、太平洋軍と中央軍の司令官をつとめた期間が長かった。この五年間は国家危機管理センター――非公式にはオプ・センターとして知られる――を動かしていた。数十人のチームは、ときには法律に従わずに作戦を行ない、殺人に関わることもあった。ウィリアムズ本人もおなじだった。それについて告解を行なうことはぜったいにない。

聴聞司祭が必要なときには、卵巣癌で亡くなったウィリアムズの妻ジャネットがその役目を果たした。

アメリカ合衆国が被害を受けないようにすることが、つねにウィリアムズの個人としての使命であり、職務上の使命でもあった。軍人としての出世や自分の身の安全よりもアメリカを優先して、ウィリアムズはそれをやってきた。ＦＢＩやＣＩＡの政敵に容認されなくても意に介さず、現場の要員の安全を犠牲にすることもあった。生命という代償を払ったもののもいた。

とはいえ、ＤＬＡにおけるオプ・センターは、十一週間前までウィリアムズが動かしていたオプ・センターとは、まったく異なっている。ベリーがオプ・センター２・０と呼ぶものは、必要ではあるが退屈な特定の作業を要求した。ウィリアムズは、ウェブサイトやデータを見てアメリカ本土の安全を確認する数千組の目のひと組だった。

だが、ほんとうに腹立たしいのは――ウィリアムズが腰を据えて仕事を楽しめない理由は――自分がやっている作業の理由がわからないことだった。奥深い理由。ベリーにはそういう理由があるはずだ。これまでのところ、ベリーが口にしたのは、透明性が高いどころか、正直とはいいかねることばかりだった。

オプ・センターが行動を起こす必要があるのは、だれもそれをやっている最中に捕まりたくないような仕事に限られている。デルタ・フォースやＳＥＡＬチーム６は、任務を恐れているわけではない。むしろその逆だった。だが、デルタ・フォース、SEAL チーム6、その他の部隊の憲章は、それらの上級部隊とおなじだ。

要するに、彼らは特定のルールによって行動する。公式には現オプ・センターのチームのブラック・ワスプは存在しない。そうウィリアムズは理解していた。だから制約がない。それどころか、プロファイルもなく、ウィリアムズと彼らの接点もない。最初の唯一の任務のあと、チームの三人がフォート・ベルヴォアの所属部隊から異動になったことは知っていた。しかし、ベリーの指示により、任務がないときにウィリアムズが彼らと連絡することはない。

「だれかがきみたちに気づいて、だれ、なに、なぜと質問するおそれがない」ベリーはいった。「大統領がきみに専属戦闘チームをあたえたことを彼らが知ったら、自分たちもほしがるだろう」

それである程度、説明はつくが、完全には納得できなかった。ウィリアムズは、チームが活用できるような数々の指揮の技倆を備えている。どうしてそれを削り取ってしまうのか？

それも計画の一部だったのかもしれないと、ウィリアムズは思った。中心となる戦闘員ふたりを、ほぼ統制不能の暴れん坊にしておくためだ。実験の一環として、それが盛り込まれている。自律した人間の集合だと、ベリーがいったことがある。

「あるいは、それを例の隠語、〝状況指揮〟がいい表わしているのかもしれない」最初に会ったときに、ブリーン少佐がいった。SITCOMはぴったりの略語だった。階級の影響力は有名無実になる。チームの三人はそれぞれ特定の技倆を備えていて、協力して働く。ひとりひとりが、自分の意志で指揮上の決定を下すことができる。最初の任務では、それでうまくいった。だが、チームが保有する実証データはそれしかない。

方針を打ち立てるもとになる重要なサンプルはひとつもないが、自分も含めたチームは、はじめてうまくいかなかったときに、使い捨てにできる。

熟練の指揮官のウィリアムズは、いまだに新しい現実に適応できなかった。きわめて統合がとれていたチームのリーダーだったのが、海外の兵站《へいたん》支援のために予算を確保している部局の下部組織となったオプ・センターの唯一の職員になった。経費は大統領府の機密費、いわゆる〝予備予算〟に組み込まれる。統合参謀本部議長が要求と承認の両方を行なうという便利な仕組みになっている。

「ユニセフの小銭で建てた墓に埋葬されるようなものだ」一週間に一度、顔を合わせて酒を飲むときに、ウィリアムズはベリーにいったことがある。

年下のベリーには、その比喩《ひゆ》がわからなかった。

「ハロウィーンだよ」ウィリアムズは説明した。「オレンジ色のミルクのカートンに入れてもらうんだ。お菓子といっしょにもらった小銭で、世界中の困っている子供たちを助ける」

「そうか」ベリーがいった。「その子供たちが大人になると、わたしたちを憎むんだな?」

「わたしには、彼らの代弁はできない」ウィリアムズは答えた。「正しいことをやるようにと育てられた」

それでも、その仕組みは脳裏を去らなかった。〝お菓子をくれないといたずらするぞ〟といって他人からもらった小銭が、十数人の子供のミルク代になる。ひとつの勘定項目から一ドル、べつの項目から一セントというぐあいに集めれば、チェイス・ウィリアムズの新オプ・センターを運営する費用が、あっというまに調達できる。予算のほとんどは、上の階のオフィスの経費として、DLAの機構に戻される。ベリーはそれを〝黒い財政〟と呼んだ。公式にはゼロサム運営費として知られている。

「そのやりかたで」ベリーは説明した。「現在進行中の業務について、DLAは議会の予算割り当てに依存せずにすむ。ミズ・ヒルは、あらたな配分を自分の権力基盤を拡大するために使う」

つまり、ウィリアムズは生きたまま埋葬されていたが、それに異存はなかった。独身で、引退生活に興味はなく、つねに新しいやりがいのある難事に取り組む覚悟ができていた。ウィリアムズは秘密活動《アンダーカヴァー》に従事しているだけではなく、地下《アンダーグラウンド》に潜っていた。清潔で、機能的で、照明は明るいが窓のない地下室にいた。一日ずっと情報データを吟味《ぎんみ》し、他人との交流はほとんどなかった。チームとその貢献、奇抜な発想や行動、才覚が得られないのが、淋しかった。ここの廊下や自動販売機のそばで会うひとびとは、愛想はいいがどっちつかずの態度だった。「やあ」とか「おはよう」とか、笑みを浮かべてきびきびという。だが、彼らが楽しい一日を過ごしているのか、それとも世界的危機を管理しているのか、ウィリアムズにはなんとも読めなかった。

こうした隠れ工作員の一部にとって、世界の終末という筋書きは、楽しい一日なのだろうと、ウィリアムズは憶測した。

反抗的にあけ放ったドアの外には、ビルの形に沿っている三日月形の地階中央通路がある。南インド洋で旅客機が墜落したことをここの局員たちが知ったばかりなので、きょうはひどく静かだった。メインストリームのメディアがその事件についてほとんど情報をつかんでいないのは、ウィリアムズにしてみれば意外ではなかった。連邦航空局のいいまわしを借りるなら、墜落の詳細に関する〝確実な状況〟は、それが墜落したということだけで、死傷者、原因、乗員についての報告はなにもなかった。

テロ行為の可能性は排除できないが、まずありえなかった。南アフリカは世界のテロリズムの地図には載っていないし、ダーバンでISISの活動が散発的にある程度だった。それもたいがい聖戦主義者のシンパで、国外でのテロ攻撃を目指していた。それに、乗客ひとりを殺すために飛行機を墜落させるのは、戦術的に自動車爆弾や銃撃よりもはるかに込み入っている。

その可能性をウィリアムズが考えているあいだに、乗客名簿がコンピューターに表示された。レッドフラッグはなかった。南アフリカ、ヨハネスブルク発オーストラリア、パース行きは、政治活動家、宗教過激派、敵性ジャーナリストが旅をするようなルートではない。軍幹部はふつう民間航空を使用しない。

情報機関とDLA局員のほとんどがデスクを離れないのは、ウィリアムズがマット・ベリーから受信したのとおなじ材料があるからにちがいない。それはニューヨーク市警テロ対策局発の情報で、ネットワーク化されているすべての部局に伝えられる。つまり、いまごろはワシントンDCの主だった部局だけではなく、メディアも知っている。

情報の種類は音声ファイルで、マンハッタン在住のジョーゼフ・リューインが911にかけてきた電話だった。タイムスタンプは午前五時十六分――墜落の直後だから、どこかで見たり、聞いたり、読んだりすることはありえなかった。

外部の音を遮断し、その音声だけを聞けるように、ウィリアムズはヘッドホンをかけた。

通信指令係：911です。お名前は――。

リューイン：ジョーゼフ・リューインです。おれ……異変が起きたと確信しています。ひどいことが起きて、わたしは――。

通信指令係：リューインさん、どこから電話していますか？

リューイン：えっ？　四五丁目西三三〇、アパートメント5Kだけど、そんなことは関係ない！　南アフリカ航空便に乗ってる伯父のバーナードと、映画をビデオシェアリングしていたんだ――便名はなんだったか。280だと思う。ヨハネスブルク発パース行きで、おれたちは映画を共有していた――そんなことはどうでもいい。伯父が急にひきつけを起こしたみたいになった！

通信指令係：これはあなたのいる場所の緊急事態では――。

リューイン：ちがう！　飛行機の緊急事態を報告してるんだ。おれはＦＡＡを短縮ダイヤルに登録してない！　伯父は血を吐いてから、タブレットを落としたにちがいない。女が吐くのが見えた——血とか、内臓とか。乗客がみんな喉を詰まらせたり悲鳴をあげたりするのが聞こえた！
通信指令係：だいじょうぶですか？　落ち着いて話を——。
リューイン：落ち着いてなんかいられないし、話をしてるじゃないか！　酸素マスクがぶらさがってるのが見えた！　座席が血みどろになってた！
通信指令係：リューインさん、テロ事件を報告しているんですか？　もしそうなら、戦略対応の係を行かせます——。
リューイン：なにいってんだ。おれが助けてほしいんじゃない！　おれじゃない！　インド洋のどこかで飛行機が墜落したんだ！　ちくしょう！　馬鹿《ばか》！　ＦＢＩか国土安全保障省につないでくれ。どこでもいいから、なにか対応できるところにつないでくれ！　こんなのはだめだ——。

９１１にかけてきた男が、電話を切った。録音はそれですべてだった。
ウィリアムズがそれを聞き終えてから一分とたたないうちに、マット・ベリーが、秘密保全措置がほどこされている固定電話にかけてきた。ウィリアムズは、出る前にドアを閉めた。以前のオプ・センターではめったにやらないことだった。

「おはよう、チェイス」ベリーがいった。「どう解釈する？」

「あなたとおなじでしょう。テロ攻撃——通常の手口《MO》、何年ものあいだ平穏で、警備が緩んでいた可能性がある空港にその便で到着して、立ち去る」

「死因は？」

「効果が早かったことからして、生物兵器——リシンか、ひょっとするとボツリヌス菌かもしれない」

「ガスではない？」

「その可能性は低い」ウィリアムズはいった。「機内持ち込み手荷物には隠しきれない量になるし、空調装置で機内に充満させるには、離陸前に機内に侵入して仕掛ける時間が必要になる。音響分析でも、通常の換気の音のほかに、なにも異状は見つけられないでしょう」

「しかし、そういう即効性の生体毒素は空気で運ばれないし、均一に影響することはない」

「そうです」

「だとすると、べつのものだな」ベリーはいった。

「手荷物扱いの作業員は？」

「南アフリカ航空が、それを調べている」ベリーはつけくわえた。「しかし、ＦＢＩを派遣して、改善を図りたいと思っている」

「アパルトヘイトを終わらせるために手を尽くさなかったら、大きな責めを負うことになる」ウィリアムズはいった。

「アメリカ先住民を虐殺したこと、ホロコーストに目をつぶったこともそうだった——二度とそういうことをやってはいけない」

「すみません」ウィリアムズは本気でそういった。「文脈がずれていた。作業員のことをきいたのは、何者かの荷物に放射性物質がはいっていたら、彼らも電話をかけてきた男がいったような症状に見舞われたのではないかと思ったからだ」

「オリヴァー・タンボ国際空港には、放射線スキャナーがある。しかし、いい指摘だ。作業員が体調不良ではないかどうか、問い合わせる」

「機内に仕掛ける必要はない」ウィリアムズはつけくわえた。「地上核実験の雲や放射能漏れも考えられる」

「うーむ」ベリーがいった。「飛行経路にそういうものはなにもなかった」

「それなら、中国かロシアの原子力衛星が、軌道に達することができず、キャビンを貫いたのかもしれない」

「想像力が豊富だな、チェイス。しかし、それは——十億分の一の確率だろう」ベリーがいった。「それに、もしそうなら、国家偵察局《NRO》、空軍、NASAが、なにかしら探知していたはずだ」

「NROの当直交替は午前八時だ」ウィリアムズはいった。「コーヒーを取りにいったのかもしれない。それとも、求人広告でも読んでいたか」

ウィリアムズは冗談でそういっただけだった。衛星、聴音哨《ちょうおんしょう》、コンピューターのハッキング、人的情報収集からの膨大なデータを監視して、発見することは、プログラミングされたコンピューターに任せきりになっていることが多い。ロケット打ち上げ中止——ことに国内用衛星打ち上げの中止は、ロシアや中国に限らずインドや日本でもありうることで、入念な吟味の対象にならない。

「そういうことがなかったのを確認する」ベリーがいった。「そのあいだに、この便についてわかっていることをほじくり返す。ミドキフ大統領は南アフリカのオモトソ大統領に電話して、弔意《ちょうい》を表し、協力を提案するだろう——そのときに、もうすこし詳しいことがわかるはずだ」

「乗客リストと防犯カメラの画像は、きみが顕微鏡にかけて調べるだろう」ウィリアムズはいった。「わたしは外部からの要因を調べてみたい」

「可能性は薄い――ほかの旅客機もその航路を使っている」

「だからそれを除外するのか」ウィリアムズはいった。

ベリーは、それについて考えた。「きみの勘は技倆よりもさらに重要だ。調べてくれ」

「その地域に目はあるか?」ウィリアムズはきいた。

「SoPo7が、その方向を向いている」ベリーがいうのは、極軌道気象衛星のことだった。「それが最初に撮影した画像は、山の上で死んでいるツバメの群れだった――なにかの役に立ちそうだ」

「きみは奇怪な情報の宝庫だな」

「女性を感心させることができるからな」ベリーはいった。「あらたな情報があれば伝える」ベリーはつけくわえて、電話を切った。

ウィリアムズは、親指で電話を切った。いつもどおり、ふたりのあいだの緊張は、一瞬のふざけたやりとりで和らいだ。それでも、ベリーを言葉で小突いたことに、ウィリアムズは罪悪感を抱いた。ベリーのいらだった口調に、つい反応してしまったのだ——いつもより強い口調だった——それに、墜落事故とは関係がない。政府のすべての職員は——ベリーやNRO局員を含めて——つぎの仕事を見つけるために汲々《きゆうきゆう》としている。ミドキフは二度目の任期の終盤に差しかかっているし、彼の党はわずか一週間前に政権を失っていた。勝者のペンシルヴェニア州知事のジョン・ライトは、次期大統領がすべてやるように、自分の配下を政府の要職に据えるはずだった。

ベリー自身も七週間以内に失職する。ベリーが新オプ・センターを発足させたのは、次席補佐官の地位を失ったときにそこに雇ってもらうためではないかと、ウィリアムズは勘繰りたくなった。

とはいえ、このデスクをベリーに明け渡して、ブラック・ワスプとともに出かけていくのは、いっこうにかまわないと、ウィリアムズは思った。前回の任務はたしかに危険だったが、やりがいのある困難な仕事で、目的意識がはっきりしているという特質が、最初に軍隊に惹《ひ》かれたのとおなじだった。

保温容器からブラックコーヒーを注ぐと、ウィリアムズはドアをあけて、作業を再開した。すでに報告を行なっている組織の接続されたデータベースは見ないで、アメリカ地質調査所の日報に目を通した。ベリーが断言したにもかかわらず、南アフリカ便の航路近辺の気流に関係があるような核実験が行なわれなかったかどうかを確認するために、地震活動を調べた。

なにもなかった。

つぎに、ウィリアムズは、海洋大気庁の週ごとの最新情報を見た。南アフリカ航空のエアバスの航路を高度三万五〇〇〇フィートで横切っていた可能性がある風は、ホーン岬気流、南極周極気流、フォークランド気流だった——離陸直後は西風、降下するときには東風になる。三つの気流すべてに沿って、南アフリカからフォークランド諸島にかけて、原子力発電所がある。

「正しい航路をとっていたし、距離が離れているので、放射能が増加するようなことはなかったはずだ」ウィリアムズは、考えたことを口にした。

もちろん、放射能漏れがあれば、話はちがってくる。

ウィリアムズは、アメリカ原子力委員会の警報を調べた。全世界の原子力発電所すべてに注意書きが付されている。南半球の気流沿いの発電所で問題が起きたというような報告はなかった。

放射能が原因である可能性は消えた。

ウィリアムズは、アメリカ地質調査庁《USGS》のファイルを見直した。地質学はタフツ大学で一学期学んだだけだったが、問題の地域は火山が多く、火山がさまざまなガスを噴出することを思い出した。

「一瞬の異常な出来事で——たとえばメタンガスが——噴出したのかもしれない。それがエンジンに吸い込まれたのか？」

そういう大気の状況に一致するような火山活動はなかった。地球を周回して、数万枚の画像を撮影しているＮＡＳＡの自律探査機実験《ＡＳＥ》にもアクセスした。周回ごとに人工知能プログラムが地表の画像を分析し、前の周回の画像と比較して、観測された変化についてのデータの流れを作成する。

その朝、ＡＳＥはプリンス・エドワード島における〝異常〟を発見していた——ジェット旅客機がヨハネスブルクを離陸する予定の約三時間前だった。

ウィリアムズは、一枚の衛星画像へのリンクをクリックした。島の北側に白い点が現われ、説明はなにもなかった。明らかに噴火のたぐいではない。

「この白い点は、いったいなんだ？」

ウィリアムズは、ＮＡＳＡの地球多色画像カメラの一分前の画像を呼び出したが、それにはおなじ異常が示されていなかった。それ以外の地球を観察している衛星のデータベースを調べたが、その異常を裏付けるか、説明するような情報は見つからなかった。ウィリアムズは、前日と前々日に遡《さかのぼ》り——〝悩ましい事件〟を捜した。岩崩れの発生、宇宙からの残骸が付近の地上か海に落下する、あるいは中国の射撃訓練のようなことだ——しかし、アメリカの情報機関が監視しているような艦船は、沿岸にほんの数隻《せき》しかいなかったし、もっとも近い自然港には一隻もいなかった。ウィリアムズはそれらの画像をまとめて保存し、分析してもらうためにベリーに送った。中国かロシアが漁船か調査船を偽装に使っているようなら、目を光らせていなければならない。

だが、それは現在の調査の役には立たない。

そういった作業手順は、オプ・センターで幹部とよくやったポーカーを思い出させた。ロジャー・マコード情報部長は、カードを配るときにいつも言葉を添えた。

「クズ札……負け札……おりる札」

想像上のマコードのいうとおりだった。墜落の問題の解決は、いっこうに進まない。もっとましなカード、ましな考えがめぐってこないと、にっちもさっちもいかない。

携帯電話で時間を確認し、ウィリアムズは連絡する相手を検索してから、アイコンをタップした。

3

南アフリカ、マリオン島
十一月十一日、午後二時四十六分（東アフリカ標準時）

ファン・トンダーとマブザは、残骸のほぼ真上にいた。エンジンが煙を吸い込んで停止しないように、マブザはヘリコプターを上昇させていた。ファン・トンダーは、横の物入れの双眼鏡を取った。

「マイケル、GSSAからの最新情報がないか、確認してくれ」ファン・トンダーがいった。「戻ったら見よう」

「確認します」シスラが応答した。

南アフリカ地質学会《GSSA》は、地域の火山活動すべての衛星情報を毎日提供している。マリオン島とプリンス・エドワード島は、もともと火山で、マリオン島は海中の楯状火山の峰のひとつだった。それが、漁民の報告にファン・トンダーがあまり注意を払わなかった理由のひとつだった。熱が放出されるのは、めずらしいことではない。だが、高度三万五〇〇〇フィートに達することはめったにないと、ファン・トンダーは思った。噴きあがる煙のずっと上で、マブザはヘリコプターをホヴァリングさせていた。ファン・トンダーは双眼鏡を構えて、残骸の渦巻く黒煙に隠れていない部分を観察した。

エアバスのちぎれて潰《つぶ》れた残骸は、機能的な物体が壊れるといかに無様であるかを、まざまざと示していた。動くものがなにもないことを、ファン・トンダーはすぐに見てとった——座席が破裂したり溶けて流れたりしているらしく、はじけ、崩れるのが見えるだけだった。

黒焦げになっていまにも折れそうな死体が、まだ座席にベルトで固定されていた。クッションが破裂して死体がガクンと動き、ファン・トンダーとマブザはぎょっとした。胎児の姿勢でぎゅっと丸まり、地面に転がっている死体もあった——死後硬直のせいか、身を護ろうとしたのかもしれないと、ファン・トンダーは憶測した。

「気づいたかどうかわからないが」ファン・トンダーは、マブザにいった。「わたしが見ている死体は、焼けているが、形は崩れていないし、大きな傷もない。それでわかることは？」

「ありますよ」マブザが答えた。「高高度で与圧が落ちたら、肺が破裂する可能性が高い。それに、体になにか突き刺さっていますか？　その——フォークやナイフ、個人の持ち物、なにか飛び散ったものが？」

「なにもない。なぜだ？」

「機体に穴があいたときには、そういうことになるからです。爆弾か衝突で、急に与圧が抜けたときに」

「いろいろ不審なことがあるが、きみは漁民の報告のことをいっていた——」

「ええ、でも、そんな高高度まで強烈な火山性ガスが噴きあがったら、お偉い地質学者たちが見落とすことはありえないでしょう」マブザは首をふった。「大規模噴火でもなかったら、そんなことは起きない——もしそうなら、わたしたちが聞き、見ていたはずです——実質的な影響があるのは、ジェット機の巡航高度よりもずっと下です。高熱の炎が噴きあがったとしても、大気で冷やされ、大きな損害をあたえることはない」

「わたしもそれしか考えられなかった」ファン・トンダーはいった。「なにか推論はあるか？　まったくないのか？」

「なにひとつないです」マブザが、正直にいった。

見落としているかもしれない細かい事柄を捜しながら、ふたりは現場を観察しつづけた――隕石《いんせき》がぶつかった穴があるかもしれない。

「着陸しますか？」マブザがきいた。

「いや、もっと降下できるくらい火勢が弱まるのを待とう。プリンス・エドワード島へ行ってみたい。その熱の発生を見て、なにか関係があるかどうかたしかめよう。マイク？」

「聞いてます」シスラが答えた。

「動画は撮影しているな？」

「はい」

「なにかに気づくか、司令部《サイモン》がもう一度上を通過するよう命じたら、教えてくれ」

「わかりました」

ヘリコプターを北東に旋回させ、どんよりと暗い南インド洋に向けて飛びながら、三〇海里弱の飛行に備えてマブザはＧＰＳに座標を入力した。

十七世紀半ばにこの水域に大胆にはいり込んだ船乗りたちは、ここで吹く風に名前をつけた。〝地獄のうなり声〟と彼らは呼んでいた。気温がいくら低くても、地獄さながらの風だった。ローター音に加えて、その風がたえまなく咆哮《ほうこう》し、クッション付きのヘッドセットが押し潰されるような気がした。

マブザは優秀なヘリコプター・パイロットだった。ケープタウン生まれで、空軍ではなく海軍にはいったのは、新型の高性能ヘリコプターを操縦する順番が早くまわってくるからだった。南極圏に近いこの地域の過酷な状況に、マブザはすぐに順応した。しかし、そのマブザでも、亜南極前線で吹き荒れる東寄りの時速五〇ノットの強風に対して機体を安定させるのには、かなり苦労していた。

さいわい、プリンス・エドワード島への飛行は、わずか十五分間だった。視界はよく、到着のだいぶ前にターゲットを発見できた。北の海岸線から、かすかな異様な輝きが立ち昇っている。その向こうの大気が揺らめいているように見えたので、それとわかるだけだった。地面のどこから漏れてきたのかを見分けることはできず、薄い帯状のその輝きが浮かんでいるだけだった。

「あんなものは見たことがない」マブザがいった。「オーロラのかけらが空に突き刺さっているみたいだ。まだ日が沈んでいないのに」

ぴったりした表現だった。その光は淡く、黄色っぽく、オーロラのように半透明だった。

「スポットライトはつけたままか?」ファン・トンダーが急にきいた。「消せ」

マブザがスポットライトを消した。輝きが消えた。

「信じられない」マブザがいった。「われわれが見たものは、自力で発光していない」

「マグマ、熱いガス、蒸気が噴き出して光っているという推理は除外された」ファン・トンダーはいった。

「いま見たものが、どれほど高く上昇しているかもわからない。上のほうにはライトが届かないから」マブザがいった。

「無色のガス――メタン? 一酸化炭素? わけがわからない」

「中佐、あれが旅客機まで到達していたとしても――それでも、わけがわからない」

マブザはいった。「旅客機が落ちたところから、ここは二七海里離れています。でも、光の真上からほとんど垂直に墜落した可能性が高い」

マブザは、スポットライトを点灯した。かすかな光の柱が、亡霊のように現われた。

無言のうちにヘリコプターが光に接近し、マブザが咳き込んだ。

「だいじょうぶか?」ファン・トンダーが、うわの空できいた。

「急に喉がチクチクして」

「中佐！」シスラが、無線で必死に叫んだ。

「なんだ、マイク？」

「ひきかえしてください！」シスラがきっぱりといった。「早くひきかえして！」

ファン・トンダーは、部下を全面的に信頼したほうがいいことを知っていた。「ひきかえせ、ティトー」マブザに命じた。

マブザがヘリコプターを南に旋回させながら、咳払いをした。

「どういうことだ、マイク？」ファン・トンダーはきいた。

「司令部が、旅客機の乗客は咳込むか食道逆流みたいな状態で、数分以内に死んだといっています」シスラがいった。

「なんてこった」ファン・トンダーはいった。

話をしながら、ファン・トンダーはうしろの医療品用物入れに手をのばした。蓋《ふた》をあけて、マスクを出し、かけた。携帯酸素ボンベもはいっていた。それを出して、マブザに渡した。

「中佐——」マブザが、あえぎながらいった。「すみません……着陸しないといけない」

「わかった」ファン・トンダーはいった。「マイク、司令部に連絡して、エドワード島に着陸することと、理由を伝えてくれ」

「了解しました」基地からシスラが応答した。

「役に立つかどうか、大尉に酸素を吸わせていることを伝えてくれ」話しながら、ファン・トンダーは酸素マスクをマブザの頭の上から引きおろして、酸素ボンベのバルブをあけた。

マブザが酸素を吸い、マスクの下で咳をするあいだ、ヘリコプターが揺れた。かすかな血の斑点《はんてん》が見えた。

すこし回復したマブザは、着陸地点を捜す手間をかけなかった。大きなマスクが視界を遮っていた。マブザは高度計を頼りに、そのまま五〇フィート下の地面へヘリコプターを降下させた。

衝撃はあったが、平らに着陸していた。マブザはすぐさまエンジンの回転を落とした。

「エンジンを切るな」ファン・トンダーは命じた。コクピット内の照明が、まわりの丈の高い草を照らしていた。風は北東に向けて吹き——乗降口には吹き込まなかった。

「喉はどんな感じだ?」ファン・トンダーはきいた。

「そんなに……ひどくない……」マブザがあえぎながら答えた。

ファン・トンダーは、マブザの腕を叩《たた》いた。「マイク、司令部《サイモン》に、ある種の——感染か、皮膚を刺激する鉱物があるようだと伝えてくれ。地中から出ているようだ。わたしはやられていない。わたしはいま——なんだったか——N99高捕集性マスクを使って呼吸している。どういう物質かわからないが、かなり防げるかもしれない。これが自然現象なのか、掘削のせいなのか、あらゆる資源を投入して突き止めるよう提案する。ここにだれかがいたとすると、その人間に付着した物質を突き止めなければならない」

「ただちに連絡します、中佐」シスラがいった。

「それと、マイク。例の航路に航空機を近づけないよう提案する」ファン・トンダーは、つけくわえた。「これに効果がない場合のために」

シスラが了解したと答え、ファン・トンダーはマブザのほうを向いた。

「まだチクチクしますが、咳は出ない感じです」マブザがいった。

「よかった」ファン・トンダーは、デジタル計器の光を見た。「一時間分の空気があるし、緩速運転《アイドリング》にしておけば、一時間たってからでも帰投できる。ヒーターをつけたままでもだいじょうぶか?」

マブザはうなずいた。「だいじょうぶです。でも……さむけがしない。インフルエンザじゃなさそうだ」

「聞いたか、マイク?」

「はい」

ファン・トンダーは、マブザの腕を叩こうとしてから、どんよりした海を眺めた。海軍将校であっても、死と直面したことはなかった。直接には。

いままではそうだった。自分とマブザがあやうく死ぬところだったと思うと、ぞっとした。あと数メートル近づくか、上昇か降下していたら――。

それに、数十メートル離れているところにある苦痛の原因がなんなのか、まだ皆目わからない。形も、生きているものなのかどうかも、寿命も、どれほど移動して、どの乗り物――あるいは都市――が攻撃されるのかも、わかっていない。

4

ヴァージニア州スプリングフィールド
フォート・ベルヴォア・ノース
十一月十一日、午前六時十二分（東部標準時）

長年の海軍勤務のあと、ウィリアムズは、命令を下す立場ではないときには愛想よくしなければならないという習慣を身につけた。とはいえ、いつも友好的ではなかったわけではない。軍幹部の将校は決断力を示さなければならないので、いつも人気があるとは限らない。

だが、不振をかこっていたポール・フッドのオプ・センターの長官に就任してから、ウィリアムズはすばやくそういうことを学んだ。元銀行家でロサンゼルス市長だったフッドは、有能な官僚で、だれの癇《かん》に障ることもなく、〝教皇ポール〟という当然の綽名《あだな》を献上されていた。

ウィリアムズは長官職を引き受けて、高度の国家機密に関する問題《センシティヴ・マターズ》に対処し、極端なまでに疑り深い人的資源部門を運営した。年齢、ジェンダー、人種、性的指向ばかりが微妙な問題《センシティヴ・マターズ》ではないことを、はじめて知った。

どのような意見があるにせよ、軍服を着ている部下が平等に扱われるほうが望ましいと、ウィリアムズは考えていた。多様な社員がいるからこそ、人事部は組織をよりよいものにできるのだと、しばしば思った。

しかしながら、そういう民間セクターでの修練が、けさ同窓生に連絡したときに功を奏した。精いっぱい愛想よくして、タフツ大学の同窓会長を説得し、大学のウェブサイトで見つけた地球海洋科学科長で堆積《たいせき》学者のジャネット・グッドマン博士の連絡先を教わったのだ。ほとんど懇願しなければならなかったので、自尊心に打撃を受け、法外な請求のために懐を痛めた——大学への寄付が滞っていた。だが、教授の私用電話番号を聞き出した。じかに質問して答を聞けば、政府と公のウェブサイトをくまなく調べて情報を集めるのにかかる時間を節約できるだけではなく、デジタルの足跡を残さずにすむ。スパイがごまんといるビル内では、当然の予防措置だった。

ウィリアムズは、政府のテロ対策専門家だと曖昧《あいまい》に自己紹介をして、南アフリカ航空の旅客機の墜落について調査しているといった。

「恐ろしい事件だけど、ご存じなければ、荒れ狂う変化の激しい環境だから」何十年も岩屑《いわくず》を吸い込んでいたようなしわがれ声で、グッドマンがいった。

「どんなふうに?」ウィリアムズはきいた。

「高高度で気流が交差している」グッドマンが答えた。「突然、極低温が生じる可能性がある」

「インド洋のプリンス・エドワード島の地質的な特徴は?」ウィリアムズはきいた。

「えー――何度かその島に行ったことがあるわ。なにを知りたいの?」

「まず、地質学的な活動がありますか?」

「かなりある」グッドマンがいった。「火山ばかりのハワイのようではないけど、地震については太平洋北西部やアラスカに似ている」

「事件前にその地域で起きた地質的な活動らしきものを撮影した衛星画像と、旅客機の墜落に関係があるかもしれないと、わたしたちは考えていたのですが」

「どういう活動?」

「それがよくわからないのです」ウィリアムズはいった。「地表の割れ目からの光です」

「現在はないわ」グッドマンが答えた。「そこで大規模な噴火は起きていない。目が醒《さ》めて最初にそれを調べたのよ。USGSの最新情報を見た。わかっていると思うけど、大規模噴火のようなものがあれば、旅客機はただちにその航路の飛行を禁じられていたはずよ」

「こういうのは——なんというか、熱の噴出はどうですか？　間欠泉のような？　わたしが見た画像には、明らかに柱のような輝きがありました。それまでの画像にはなかったものです」

「その画像を見ないと、なんともいえない。その地域では、〝白い喫煙者〟が起こりうる」グッドマンがいった。「熱源から離れた超低温のところで、カルシウムシリコンなどの鉱物を含んだ薄い煙が立ち昇る現象よ。その濃度では毒性はないといっておくわ。でも、そういうたぐいのものが、高度一〇〇〇フィートや一万五〇〇〇フィートに達することはないと断言できる。そこまで上昇したとしても、大気の流れでかなり薄められる」

「なるほど」ウィリアムズはいった。堂々巡りになりそうだった。「それは光りますか？」

「かすかに光るかもしれない。いまもいったように、熱源は地表近くではないでしょう。隕石がぶつかったというのは考えられないの？」グッドマンがきいた。

「その可能性はきわめて低いのではないですか？」

「そうでもない」グッドマンがいった。「歴史的に、そういう活動が多かった地域なのよ。三億年前の鉱物や有機物があって、そのかなりの部分が地球外の物体なの。月や火星のかけらもある」

「ほんとうですか？」ウィリアムズはいった。

「事実よ」

ウィリアムズは、すべてを黄色いメモ用紙に書き留め、重要な言葉にはアンダーラインを引いていた。どうしてそんな手間をかけるのか、自分でもわからなかった。マット・ベリーはこれらの言葉すべてを斥《しりぞ》けるだろうし、それにはもっともな理由がある。

「あなたはどこにいるの、ウィリアムズさん？」

「ワシントンDC」

「スミソニアン博物館に他惑星からの標本が大量にあるわ。そういう物体が高速で飛ぶと、クルミより大きくなくても、航空機に損害をあたえる可能性がある」

「それに、有機物といいましたね」アンダーラインを引いた言葉を見ながら、ウィリアムズはいった。「微生物は？」

「可能性はある。微生物の多くは低温で活動を休止するから、そういうことによって活発になるはずよ。わたしの研究分野じゃないけど、火星の地表から吹っ飛ばされた岩に付着していた微生物が地球に到達したかもしれないという説がある。低温で空気がない宇宙での旅に耐えられる耐寒性を備えた微生物もあったでしょう。わたしたちは火星人かもしれないわね、ウィリアムズさん」

「なるほど」この仕事で収集した情報の多くがそのあとで利用されなかったことを、ウィリアムズはふと思わずにはいられなかった。そう思ったことを、マット・ベリーに打ち明けるつもりはなかった。「光はどうですか？」ウィリアムズはきいた。「〝白い喫煙者〟ではなかったとしたら、なんでしょう？」

「太陽が氷から反射したとか？　空中の塩素とか？」

「漂白剤の？　毒性はないでしょう？」

「漂白剤として使う分にはね」グッドマンがいった。「あなたがいうのは――喉や皮膚に対して腐食性がある苛性《かせい》ソーダのことね。それに、塩素はアンモニアと混ぜると、致死性のガスを発生する。地面から立ち昇っても、危険はない」

「どうして光るんですか？」

「岩崩れの圧力か、氷が解けたためでしょうね」グッドマンはいった。「それで古代の岩の表面と、何千年にもわたる深い亀裂《きれつ》が露出する。自然に溜《た》まっていたガスの逃げ道ができて、上昇しながら水素を解き放つ」

「水素」ウィリアムズはいった。「気球に使う気体」

「そのとおり。光を浴びると黄色く輝く蒸気もあるけど、それは自然には発生しない」

「どういうものが必要ですか?」

「特定の種類の酸。わたしは化学者ではないけど――」

「ええ、わかっています。バッテリー液か、もっと純度の高いものですね?」

「純度の高いものと。あなたの平凡なスバル車では、そういう冷光《ルミネッセンス》を発することはできない」

だが、潜水艦《サブマリン》ならできるかもしれないと、ウィリアムズは思った。

グッドマンが話をつづけ、一年生の授業で熱心に講義しているかのように、ありとあらゆる発想を開陳した。

「その地域では」グッドマンはいった。「水素は硬く圧縮された塩の層、浸食された岩塩の層を通る可能性が高い。海岸線近くでそうなったときには、露出した岩塩はすぐに海水に溶ける。その結果——塩化ナトリウムガス、つまり塩素ガスが発生する。水素と塩素の二種類のガスが上昇し、陽光か月光を浴びると、塩素ガスのせいで黄緑色に見える。水素ガスが塩素ガスを押しあげるので、大気中での上昇限度はない」

「それがどうやって、旅客機に影響をあたえたんだろう?」ウィリアムズはきた。

「まったくわからない」グッドマンが認めた。「あなたは、光るのを説明できるような現象について質問しただけよ」

「そうでした」ウィリアムズは、口をゆがめて答えた。学者という連中を好きにならないといけない、と思った。グッドマンは明らかに上機嫌だったが、ウィリアムズの問題を解決できなかったことのほうを、ずっと面白がっていた。

時間を割いてもらったことに礼をいって、ウィリアムズは電話を切った。メモ用紙に書きなぐった言葉を見た。〝微生物〟と〝水素〟という言葉が、ほかの言葉の上に書いてあった。ウィリアムズは笑った。

「ああ。これはマットにはいえないいな」

電話が鳴った。ベリーからだった。

「また起きた」重々しい声で、前置きもなしにベリーがいった。

「飛行機か?」

「いや、もっと悪い」ベリーが答えた。「海上だ。海軍情報部《ONI》が傍受したものを転送する」

ベリーが電話を切った。ただ急いでいるだけではなく、いつになく動揺していた。

ウィリアムズはヘッドセットをかけ、すぐにONIからの音声情報を聞いた。コンピューターに表示されたファイル名は、〝空母〈カール・ヴィンソン〉経由のインド洋における暗号化されていない遭難通信〟だった。声の主はヨーロッパ系南アフリカ人だった。落ち着いているといってもいいような、物静かなしゃべりかただった。

そのあとで聞こえた声は、そうではなかった。

ヨハン・クロッグは、全長七〇メートルのリュールセン製ヨットの狭い通信室に、閂《かんぬき》をかけて閉じこもっていた。恐怖と寒さのためにふるえていた。暖房はとまりかけていたし、クロッグは防寒肌着しか身につけていなかった。あとの衣服はすべて、べつのことに使われている。ドアは枠とのあいだにズボンを挟んで、固く閉めてある。アンダーシャツは、密封できることを願ってドアの上につっこみ、白いスウェットシャツはドアの下の隙間《すきま》に押し込んであった。ドアは閂をかけて閉ざしてある。袖《そで》を鋏《はさみ》で切り、小さなマスクもこしらえた。

美しい現代的なヨットに乗っている全員が咳き込んで血を吐き、甲板《かんぱん》に倒れた原因は、クロッグにはわからなかったし、突き止めたくなかった。通信室に詰めて居眠りをしていたときに、叫び声やうめき声が聞こえ、目を醒まして、どんな異変が起きているのかたしかめようと外を覗《のぞ》いた。通信室の数歩先の廊下で、友人で交替要員の通信士クエンティン・ボサが汚物を吐いているのを見て、ドアを閉めて密封した。クロッグはすぐさま、ヨハネスブルグの北東のイースト・ロンドンにある会社の事務所のクロード・フォスターに連絡した。

「カティンカを見なかったか？」クロッグの支離滅裂な報告を聞いてから、フォスターがいった。「メールに返信しないんだ」

「見てません」クロッグは答えた。「それに、ボス、彼女を捜して話をしろなんていわないでほしい。たぶん死んでる！」

「それじゃ――そういうことなら――時間割を確認させてくれ」フォスターがいった。

「きみたちは現地時間で二日前の午後八時二十二分に、目的の場所に到着し、調査チームが交通艇で送り込まれた」

「そうだ――くそ、おれはここで死ぬ！」

「理性を失うと、ひとは死ぬ」フォスターは叱《しか》りつけた。「落ち着け。そうしないと話が通じない。落ち着いて話をしろ」

「そうしようとしてるんだ。おれは怖い！」

「静かに――」

「これまでの航海はだいじょうぶだったのに！」

「黙って聞け！」フォスターはどなった。「おまえたちはやるべきことをやったんだな？」

「やった。二日かけて。それが――」

「黙れ！　質問に答えろ。チームは毎回ほぼ九十分作業したと、いったな。三カ所それぞれでコアサンプル（岩芯。地中から採掘した円筒形サンプル）を三本ずつ採掘した。計画どおり、北の岬沿いで」

「ああ」

「そのあと、なにがあったか話せ。おまえの話ははっきりしない」

「はっきりしないのは、怖くてたまらないからだ！」クロッグが叫んだ。「わかった。落ち着く。落ち着く」自分にいい聞かせた。「最後の現場から弱い光が出てると、チームが報告した。最初は、夕陽が水面を反射してるのかと思った。でも、陽が沈んでも、まだ光ってた」

「ぼんやりした光の柱が」フォスターがいった。

「ああ」

「チームはべつのチームとともに交通艇に乗って戻り、ヨットは出発した。昨日出発した直後に、コアサンプル六本を開封した。あとのコアサンプル三本は、きょう開封することになっていた。その直後——正確な時刻がわからないのは、海上の通信を傍受するために通信室にいたからだと、おまえは」

「飛行機が墜落したという交信を聞いた直後だったから、もっと情報を聞きたかったんだ！」

「わかった。そのあとで、〝不可解な苦痛〟が乗組員を襲いはじめた。交替要員の通信士が、蒼白《そうはく》になり、あえぎ、血を吐いて——」

「吐いてたのは血だけじゃない、内臓が崩れたみたいなものだった。すぐ目の前だったんだ！　断言する。あんなものは一度も見たことがない！」

「そのあと、彼は音をたてなくなり、全員が静かになった。数分以内に」フォスターはいった。「歩ける乗組員が、安全な場所にすみやかに撤退——」

「ちがう。叫び声と足音からして、走って逃げてた！」

「そして、船は漂流している」

「そうだ」クロッグは答えた。「操舵手《そうだしゅ》はもういない。船長も」

「ヨハン」フォスターがいった。「きちんと確認しておきたいことがある。それは、え――ヨットに乗っている自分たち以外の人間を始末するほうが望ましいような物質を、科学者たちが発見した可能性はないか？　仲間の三、四人があとの人間に襲いかかるとか？」

「ありえない！　だいいち、おれは生き延びることしか願っていません」

「よし、わかった」フォスターはいった。「なにか異変が起きたとして、支援のために船を派遣するには、どういう異変なのかを知る必要がある。つまり、おまえに突き止めてもらわなければならない」

「ここを出たら、おれもみんなとおなじ目に遭う」クロッグは抗議した。「保護のための防毒マスクかなにかがないとだめだ。手袋も。なにかに触れたのが原因かもしれない。なにが起きてるのか、わからないんだ！」

フォスターの側で、声をひそめた話し合いがあり――ヨットの廊下から咳が聞こえた。

「聞こえたでしょう？」動揺して、クロッグがきいた。

「なにが？」

クロッグの脈が速くなった。左側のドアの外で、重い足音が聞こえ、動悸《どうき》が激しくなった。つづいてノブをまわす音が聞こえた。

「だれだ？」クロッグはわめいた。

返事は声ではなく、なにかを吐くような音だった。つづいてドサッという音が響いた。そのとき、クロッグは目を丸くして見ていると、ドアの下に突っ込んであるスウェットシャツの白い布地が、じわじわとひろがる血の染みで赤くなっていった。

クロッグは、俄作《にわかづく》りのマスクの下で荒い呼吸をした。マスクを留めていたゴムバンドが切れた。クロッグはあわててマスクをつかんで、口に押しつけた。

「なにが起きているんだ？」フォスターがきいた。

「乗組員がいまもバタバタ死んでる！」クロッグはわめいた。「ドアの下から血が流れ込んできた！」

「ヨハン、パニックを起こすな――そこにじっとしていろ」

「怖くてたまらない！」クロッグはそういって、回転椅子《いす》を右の壁のほうへ動かした。不意に、マスク代わりの切った袖の下で咳き込んだ。

「ああ、ちくしょう。だめだ――」

クロッグは凍り付いたが、じっとしていたのは一瞬だけだった。また咳をして体を折り、マスク代わりの布地のなかに吐いた。

「おれの……胃が……！」あえいだ。「燃えてる！」

クロッグは、胃酸と血に染まった袖をほうり投げた。無線機のほうを向いて、また咳き込み、制御盤を置いてある棚に倒れ込んだ。赤黒い血が口の脇《わき》からこぼれ、内臓の組織が血だまりのなかで盛りあがった。

最後の咳が喉からこみあげて、口からどっと噴き出し、裸の胸を伝って股間《こかん》に流れ落ちた。つぎの瞬間、クロッグは滑りやすくなっていた椅子から甲板に落ちて、そこで窒息した。

「ヨハン？」無線機から声がひびいた。「ヨハン、そこにいるのか？」

フォスターは、しばらく待ってから、通信を切った。


ウィリアムズは、長いあいだヘッドホンをかけたまま、重苦しい沈黙を耳にしていた。この男たちは何者だろうと思った。

暗号化されていない無線で話をしているのを、気にしているようすはなかった。ファーストネームだけを使っていた。それなら傍受されても、たいしたことはわからない。違法なことをやりつけている人間の可能性が高い――密輸業者か海賊のような。

彼らの身許は、ウィリアムズの当面の関心事ではなかった。ONIがそれを突き止めるはずだ。原因について、にわかに恐怖がこみあげた。グッドマン博士との会話が、もう空論ではなくなっていた。

ジェット旅客機は高高度を飛んでいた。船はその三万五〇〇〇フィート下の海上にいたが、両者の緯度と経度はほぼ等しい。なにが起きたにせよ、その二カ所であっというまに多数の人間があっさり死んだ。

コアサンプル。悲運に見舞われた船の無線交信を、ウィリアムズは思い出した。グッドマン博士と思い付きでしゃべっていた会話が、急に重大な意味を持ちはじめた。現場から採掘されたなにかが、船に運び込まれてひろがった——空気伝搬で。いまも現場にあるそれは、理論上では、大気中を上昇する可能性があった。エンジンに吸入されるほかに、機内にそれが侵入する経路はない。エンジンから抜き取られた空気は、冷暖房システムに利用されて、機内を循環する仕組みになっている。

電話が鳴った。

「ああいうやりとりを聞いたことはあるか?」ベリーがきいた。

「じつはある」ウィリアムズはいった。「高高度で与圧を抜いてフライトスーツをテストする古い画像で。だが、高度六万五〇〇〇フィートで一時間後にそうなった。潜水艦の潜航限度を超えたシミュレーションでも、そういうふうな反応が起きる」

「それではなんの参考にもならない」

「そうとはいい切れない」ウィリアムズはいった。「この連中は熟練したチームだ。なにをやっていたにせよ、組織に上下の区別がある。船舶の衛星画像は調べているんだろう？」

「いまやっている。しかし、南インド洋だから、航行している船舶がやたらと多い。位置が近いかどうかで絞り込み、交通艇を装備しているかどうかも調べた——そういう船もかなり多い。旅客機と関係があるようだが、どう結びついているんだ？」

「現地の地球的な事象」

「どういう意味だ？」

「飛行経路近くの地上に淡い輝きが見られたと、ＮＡＳＡの報告にあった。わたしは同窓の堆積学者に電話した」ウィリアムズはいった。

「堆積学者？　地面についての研究者か？」

「そうだ」

「おいおい、チェイス——」

「マット、わたしも答を捜しているんだ。だから、最後まで聞いてくれ」ウィリアムズはいった。

「わかった、すまない。どの石の下も調べる必要がある」

ウィリアムズは当てこすりを聞き流した。「グッドマン博士は私に、問題の島は古代の岩や有機物からできているといった。月や火星からの隕石も含めて――」

「やめてくれ」ベリーがいった。「確実な話を聞きたいのに、きみはわたしにETを押しつけるのか？　わたしはきみがよこす手がかりはなんでも調べるつもりだが、ハワードがミドキフのレガシーを護るために好戦的になっている。宇宙の病原体などという説を売り込むのはやめてくれ」

「わかった。その部分は当面、忘れよう。空中を飛んで人間をたちどころに殺す黴菌《かびきん》だというだけにしておこう。グッドマンは、プリンス・エドワード諸島には二億年ほど密閉されていた地層が下のほうにあるといった。現存の生命体はそんな経験はしてないだろう。だから、宇宙のことも忘れてはならない。考えてみれば、月面に着陸した宇宙飛行士が地球に帰ってきたとき、わたしたちは彼らを隔離した。汚染されていないとも限らないからだ――」

「汚染されていなかった」ベリーはいった。

「たしかに。しかし、かなりの数の科学者たちが、その可能性を懸念した。わたしたちも用心すべきだ。超低温でも活動を休止しないようななにかが、解き放たれていたとしたら――」

「ああ、そのあとはすでにわかっている」

「高度三万五〇〇〇フィートまで上昇するのに、それが水素によって運ばれたかもしれないと、グッドマン博士が考えている。気流に乗って、もっと上空まで昇っているかもしれない」

「ヒューレットがすでにFAAに、航空機の航路を変更するよう通達した」

エイブラハム・ヒューレットは、国土安全保障省長官で、大統領に強い影響力がある顧問だった。

「遭難通信を傍受していたのは、われわれだけではなかったと思うが」ウィリアムズはいった。

「その可能性がきわめて高い」

「つまり、これがなんであるにせよ、封じ込めるためにロシアや中国と話し合うべきだ。墜落現場がわかったら、そこを立入禁止にすることも含めて」

ベリーが溜息《ためいき》をついた。「国務長官が日本から電話してきて、それには慎重に取り組むよう促し、ミドキフが同意した」

「なぜ？」

「それを絶滅させたいと思っている人間ばかりではないことは、きみにもわかるだろう」ベリーはいった。「それに、微生物の多くは、宿主がいないと長く生き延びることはできないと、ラジーニ博士が指摘した」

シヴァンシカ・ラジーニ博士は、大統領の科学顧問だった。ウィリアムズはラジーニに好意的だった。彼女は文字どおり政治よりも事実を重んじる。

「要するに、推移を見守ることになるだろう」ベリーはいった。「〈カール・ヴィンソン〉が位置を特定しているから、その地域のロシアと中国の艦船にもわかっているはずだ。ところで、海軍はそこへ急行しないようだから、ほかのだれかも急いで行くことはないだろう」

「解決にはつながらないとしても、それが賢明だな」

「〝急いで〟とつけくわえたぞ」ベリーがいった。

「つまり？」ウィリアムズはきいた。

「きみたちに影響があるかもしれない」ベリーが、不満げにいった。「きみと博士ふたりの解釈が正しく、なおかつこれがウイルスか細菌だとしたら、サンプルが必要になる」

5

南インド洋、〈テリ・ホイール〉
十一月十一日、午後二時二十一分（東アフリカ標準時）

カティンカ・ケトルが生き延びたのは、神の摂理か偶然のおかげだった。その両方かもしれない。

二十五歳の宝石学者——こういった航海に送り込むとき、フォスターは敬意をこめて〝われわれのスペシャルゲスト〟と呼んだ——は、敬虔《けいけん》なペンテコステ派ではなかった。母親はそうだったし、父親もある程度そうだったので、カティンカは神とイエス・キリストの存在を信じ、自分は聖なる家族の一員だと思っていた。だから、これらの偉大なやさしい救済者たちが、これに関わっているのかもしれない。

しかし、偶然の賜物《たまもの》の可能性もある。カティンカは、プリンス・エドワード島のシップ・ロックから採掘したコアサンプル三本の最初の一本を調べるときに、ふつうのサージカルマスクをつけるつもりでいた。クロード・フォスターと彼の鉱物《M》探査《E》収集《A》調査《S》会《E》社の仕事をするときには、いつもそうしていた。MEASEはほとんどの場合——許可を得ずに——保護されている国有地へ行き、少量のダイヤモンドを捜す。算出高はたいがい少量だが、大都市やリゾート地ではない市場向けに採掘するだけの価値はある。だれにも気づかれないように、暗闇《くらやみ》か、雨か、砂嵐の最中に採掘する。病原菌が見つかったときには、役人を買収するか、武装警備員付きで夜間に掘削する。地域ごとに分かれているこのチームは、反アパルトヘイト活動家や反体制派を殺してきた暗殺部隊の元隊員だった。〈テリ・ホイール〉の乗組員にも、このチームの人間が何人か含まれている。なかでもアダンナは最悪だった。身を隠すのではなく、パトロールのヘリコプターと黒人パイロットを撃とうとした。

「わたしたちがやったのは、だれにもわからないし、調べもしないかもしれない」彼女はそのときにいった。

　カティンカは、自分たちが移動に使うバン、ジープ、交通艇、オートジャイロ、小型機の操縦を憶えた。反乱が起きたときに逃げ出すためだった。チームの人間はほとんどが反社会的だった。唯一の例外はカティンカの恋人で、ダーバンのペブル・ホームズ・ダイヤモンド・コンソーシアムのセキュリティ・スーパーバイザーのダウィドだった。ダウィドは、採掘できる可能性のある現場についての情報を流していた。ダウィドはいま、刑務所を改造してアパルトヘイト時代の悪行を展示している博物館の館長をつとめている。そのほかの活動を隠蔽《いんぺい》するのに、好都合な仕事だった。

カティンカは、自分なりに計算していた。フォスターは毎年かなりの数のダイヤモンドを見つけて採掘し、現金でたっぷりと報酬を払っているが、その収入だけでヘリコプターやビジネスジェット機――やこの全長七〇メートルのヨット――など、外国製の乗り物多数を購入して維持することはできないはずだった。イースト・ロンドンにあるフォスターの本社やさまざまなチームの噂話から判断して、フォスターが武器密輸も含めたそのほかの違法行為に関係しているのではないかと、カティンカは疑っていた。フォスターが正しいとかまちがっているとかいうつもりはなかった。北のモザンビークでは、モザンビーク民族抵抗運動が、無差別に処刑やレイプを行なっている政府軍と変わらないような流血に手を染めている。彼らの活動は、隣国マラウイで大規模な難民危機を引き起こしている。

清らかな人間など、どこにもいない。

フォスターのそのほかの行動に、カティンカは関心がなかったし、じっさいにほとんど知らないので気にならなかった。カティンカは自分の人生と生活様式が好きだった。自分の将来性も気に入っていた。未来は技倆と決意しだいだった。

それに、カティンカはフォスターが好きだった。敬服し、自信家なのをうらやましく思い、鋭い直観を尊重し、信頼していた。彼の状況判断は、部下を一度も大きく失望させたことがなかった。そういう面で、フォスターは創造的なアーティストだった。

カティンカがやっているフィールドワークは、バンやテントを使うこともあれば、海上でやることもあり、いたって単純だった。科学的な面では、南アフリカ大学でカティンカが修士号を得るのに行なった試掘とおなじだった。岩石のサンプルか鉱物の芯《しん》を調べて、ダイヤモンド、サファイア、ルビーが見つかることもあれば、見つからないこともある。

ちがいは、大学時代の試掘が合法的だったことだった。ここでの作業はそうではない。だが、ケープタウンの貧しい家庭で育ったカティンカは、若いころから貧困とは無縁になりたかった。この仕事をつづけているのは、宝石の仕事に携わっている科学者が豊かな暮らしができるからだった。公営企業省の監督を受けずにその仕事をやっている科学者は、裕福になる。

カティンカ・ケトルは、金持ちになりたかった。フォスターの依頼であらたなサンプル採掘任務に出かけるときは毎回、大当たりを期待していた。そして、帰ってくるたびに、フォスターを近しく思うようになった。フォスターもまた、より大きな当たりを渇望し、しばしばカティンカに、〝最大の当たり〟をものにすると話した。フォスターに仕事ぶりを褒《ほ》められ、敬意を向けられているようだったので、カティンカは生まれつき臆病《おくびょう》なのを克服して、フォスターのおかげで強くなることができた。

上陸して試掘したあと、長時間眠ってから、カティンカはそれを夢想した。夜のプリンス・エドワード島は、寒くて風が強いので、快適とはいえない。地盤が硬く、フルオロスルホン酸と強化掘削ドリルによる作業は、嫌になるくらいはかどらなかった。いつものように埃除《ほこりよ》けのマスクをかけて、カティンカも仲間とともに掘削し、金属と木の工具による感触と暗いなかでみえるものを頼りに、地盤を判断した。

たっぷり休憩したあとで、カティンカはワークステーションへ行き、ロッカーから清潔な白衣を出して、小さな作業テーブルの横のスツールに座った。コアサンプルの鋼鉄製ケースからプラスティックの栓を抜いたとき、非常に細かい粉状の岩塩が目にはいった――予想以上の量だった。氷か地殻変動の圧力、あるいはその両方によって、ずっと前の時代に圧し潰されたにちがいない。風が吹き荒れる環境でも、この細かい粒子は凍土によって固められていて、散らばらなかったのだ。

そのため、分析のためにその物質を携帯細胞解析装置に入れる前に、カティンカはハーフガスマスクを付けた。自分の呼吸が聞こえるのがありがたかった。船内の十一人のうちの六人がたてるやかましい物音を、それが締め出してくれる。あとの五人は警備チームなので、つねに生真面目だった。浮かれ騒ぐどころか、めったに笑わない。

「そしていま、彼らは死んでる」カティンカは、ひとりごとをいった。現場で孤独な作業を行なっているときに、声を出していう癖がついていた。仲間がいると楽しいぞと、父親にいわれたことがあった。父親はわかっていない。自分も車を修理するときに、ひとりごとをつぶやいているのに。

カティンカは、ガスマスク越しに最初の大きな叫び声を聞いた。南アフリカ海軍が乗り込んできたのかと、そのときは思った。コアサンプルを容器に入れて、密封した。そして、舷窓《げんそう》のすぐ下にある、テーブルの右側の小さな電子パネルのほうへ行った。臨検されたときには、研究所にあるものを破壊するよう、フォスターに命じられている。研究室のテーブルに内蔵されているシュートを使い、船体を通って海に投棄できるようになっていた。その仕組みを説明するとき、フォスターは、〝浮きあがるのは死体だけだ〟と冗談をいった。

叫び声はパニックのためではなく、苦痛のためだと、カティンカはすぐに察した。

ガスマスクの伸縮性のストラップをゆっくりおずおずとはずし、なにが起きているのかたしかめるために、蛍光灯が明るい白塗りの狭い部屋から、鏡板張りの暗い廊下に出た。カーペットに爪《つめ》を立てて這《は》ってくる人影を見て、はっとして立ちどまり、凍り付いた。警備チームのひとり、アダンナだった。幅の広い力強い顔が黄ばんで、締め付けられているような感じにゆがみ、口から茶色っぽい血の条が流れていた。その液体の上をアダンナが這って、カーペットを汚していた。隣の医務室へ行こうとしているらしく、かっとひらいた目で、カティンカに助けを求めていた。

カティンカは立ったままガスマスクのストラップをまさぐった。ふたたびガスマスクをしっかり付けると、両腕をガスマスクから遠ざけてまっすぐ下にのばした。視線をアダンナの左に向けた。以前、南アフリカ軍健康管理部隊第7衛生大隊群に勤務していた医務長の〝少佐〟が、仰向《あおむ》けに倒れ、胸が血に覆われていた。医療用マスクを手で握りしめている。

医務室と研究室は、空調装置を共用している。だが、空気は船首側から船尾側へ――カティンカのワークステーションから医務室へ流れている。

カティンカの呼吸が、恐怖のためにいっそう速くなった。呼吸の音に重なって、何人もの悲鳴が聞こえた。カティンカはアダンナをよけて、音のほうへ進み、広い調理室に乗組員五人がいるのを見た。全員が死ぬか、死にかけていて、膝の力が抜けたところで大の字になって倒れていた。血と内臓の断片が彼らの体の上とまわりに散らばっていた。船尾のほうでは通信士の交替要員のボサが、身の毛もよだつような血の池のなかに倒れていた。

そのとき、ヨットの速力が落ちていることに、カティンカは気づいた。

「機関の音が聞こえない」カティンカはつぶやいた。「漂流してる」

船橋《ブリッジ》へ行くのは無意味だった。これがなんであるにせよ、もうそこまで達しているはずだ。ファン・ローエン船長は、用心深い。問題が起きたとたんに〈テリ・ホイール〉――妻にちなんで命名した――を停止させて調べるよう命じるはずだ。

通信室から声が聞こえたような気がしたが、もうここにいるべきではなかった。なにかおそろしいものがあたりに漂っていて、ガスマスクで護られているにすぎない。

でも、原因はなに？

なんであるにせよ、ガスマスクがはずれるような危険を冒したくはなかった。ガスマスクは超微粒子を防いでくれるが、船内の空気を吸っていることに変わりはない。

アダンナが甲板に手をついて、膝立ちになっていた。通路を声が聞こえるほう――たぶんヨハン・クロッグ――へどたどたと進むあいだ、下唇から血が絶え間なく流れ落ちていた。クロッグは、フォスターに無線連絡しているのだろう。死ぬまでは。

カティンカは、研究室に戻って、ドアを閉めた。おぞましい死の光景と音を、できるだけ締め出したかった。考えなければならない。

島では全員がマスクを付けていたが、船内では付けていなかった。掘削によって致死性のなにかが掘り起こされ、開封したコアサンプルにそれが含まれていた可能性が高い。気体ではない。圧縮された気体だったら、これほど早く拡散することはない。放射能なら、自分も死んでいるはずだ。なにかの生命体にちがいない。

きわめて深刻な事態だというのを理解しようとしながら、カティンカは研究室のテーブルのそばに立っていた。自分たちはダイヤモンドを捜しにきた。それよりもっと価値があるものを発見した。瞬時におおぜいを殺すことができる見えない物体。その出所を知っているのは、自分とフォスターだけだ。

まず、自分たちのとった航路と行為を、完全に隠蔽する必要がある。そして、サンプルを持ってイースト・ロンドンに戻らなければならない。

カティンカは、テーブルから携帯バーナーを取った。未知の鉱物を調べるのに、いつもそれを使っている。すり鉢に入れて乳棒で粉砕してから、バーナーの炎を浴びせて、炎の色を見る。いま、カティンカはビーカーを取って、三フッ化塩素をたっぷり注いだ。三フッ化塩素は引火するとビーカーを割って四散し、触れるものすべてを燃やす。

カティンカは、個人用バックパックをテーブルの下から出した。コートを取りにいくために船室に行きたくはなかったので、ロッカーに入れてあったスウェットシャツを着た。コアサンプルをバックパックに入れ、片方の肩にかけた。それから、バーナーを横倒しにして点火し、五センチ離れたところに三フッ化塩素のビーカーを置いた。三フッ化塩素が熱してビーカーを割るまで、約五分かかる。

ボサの血の池で足を滑らせないように気をつけながら、カティンカは通路を走り、階段へ行って、主甲板に出た。船外機付きの交通艇が、船尾に固定されている。カティンカは交通艇を操縦するやりかたを知っていたが、どこまで行けるかわからなかった――本土までどれくらい時間がかかるのかもわからない。〈テリ・ホイール〉から早く離れなければならないということだけはわかっている。遠くに離れてから、フォスターに連絡する。

そのためには、オートジャイロを使ったほうがいい。広い船尾甲板に駐機しているオートジャイロは、小型でかなり速い。フォスターとじかに会わないと危険が大きいようなときに――カットされていない宝石を届けるようなときに――船長が使っていた。粒ではなく、大きな宝石だ。カティンカは乗組員の反乱を恐れて、オートジャイロの操縦も憶えていた。それがいま役立つ。

調理室のカーテンが引いてあって、明かりが漏れていなかったので、カティンカはほぼ手探りで甲板を進まなければならなかった。間に合うように脱出できるだろうかと心配になった。塗装された木の甲板は海水で滑りやすく、風に押し戻された。ようやく、船尾手摺《ブッシュピット》にたどり着いた。カティンカはオートジャイロに走っていって、エンジンを始動した。呼吸がまた速くなっていた。ヨットの左舷側の海に、くすんだオレンジ色の光がひろがるのが見えた。

火災がはじまった。

オートジャイロは、離陸まで二分かかる。機体の上のローターとコクピットのうしろと尾翼のあいだにあるプロペラが回転しはじめたとき、カティンカはコンパスを確認した。プリンス・エドワード島には、ぜったいに戻りたくない。これの原因がなんであるにせよ、それはまだ島で野放しになっている。

「北西」カティンカはひとりごとをいい、デジタル表示の計器を見つめて注意を集中しようとした。

カティンカは座席に座った。甲板から乗り込むとき、両手の掌《てのひら》が冷たく、汗で滑りそうだった。五分後には、鏃《やじり》のような形の赤いオートジャイロは、波打つ赤みを帯びた水面の上を飛び、〈テリ・ホイール〉から遠ざかっていた。

やがて、ポート・エリザベスから見えそうなくらい巨大なタンポポの冠のような閃《せん》光《こう》とともに、ヨットが爆発した。音と衝撃波がしばらくたってから届き、オートジャイロを揺さぶって、猛烈な熱のせいでキャビンが暖かくなった。

だが、カティンカは生き延びたのだ。

カティンカは、猛烈な速さでオートジャイロを飛ばしながら、船上で生きていた生命体をあの炎と熱が死滅させたことを願った。一部が生き延びていたとしても煙とともに上昇し、人間が住む場所へ流れていかないはずだ。

カティンカは、墜落した旅客機のことを、ふたたび考えた。スマートフォンにタッチして、ニュースを見た。

あった。見出しだけだった。民間航空会社の旅客機が墜落。原因不明。遭難信号はなし、危険の気配もなし――。

なんてことなの。

原因と影響が述べられていたとしても、カティンカに罪の意識はなかった。地球には豊かな恵みもあれば危険もある。天然資源も有害物質もある。人間がコントロールしたり、封じ込めたりすることは不可能なのだ。ひとつの例外を除けば、生命も含めて、すべては借り物なのだ。例外とはたましいで、神に対する罪を犯したときには、懺悔《ざんげ》する。人間の法律を、カティンカはそれとおなじ崇高なものだとは見ていなかった。

カティンカは、コクピットの丸い風防のなかで考えをめぐらしながら、湯気をあげて海の藻屑《もくず》になっていくヨットの残骸を見た。自分はあれからも生き延びた。燃えて崩れ落ちる船体からも。

そろそろ、いい頃合だと思った。

バックパックを助手席に置き、操縦装置を左手で握って、携帯電話をとりあえず左袖につっこみ、右手を頭のうしろにまわした。伸縮性ストラップのプラスティックの留め金をつかんだ。

屋台からバナナを盗む前のような気持ちになった。あのときも袖に隠した。一瞬の恐怖とためらいの直後に行動した。

やらなければならないことよ、と自分にいい聞かせた。

指で留め金を押すと、ガスマスクがバックパックの上に落ちた。カティンカは、深く息を吸った。潮の香りがした。死のことは考えたくなかった。恐ろしい死にかたは嫌だ。気分が悪くなったら、海に跳び込んで溺《おぼ》れ死ぬつもりだった。

だが、咳き込まなかった。カティンカは鼻と両耳に触れた。血は出ていない。喉や口にも血の味はない。

黒っぽいバックパックを見おろして、カティンカ・ケトルは笑みを浮かべた。生きている。

宝物を見つけて、確保した。カティンカははじめて、フォスターの持ち前の自信に似たようなものを味わっていた。その自信が、べつの考えを生み出した。

フォスターは、シップ・ロックで採掘したコアサンプルの数を知らない。知っていた人間はすべて死に、カティンカだけが知っている。数センチしか離れていないおなじ場所で採掘したものだから……ほぼ同一のはずだ。

残ったコアサンプルをすべてフォスターに渡す必要はない。

6

ワシントンDC、ホワイトハウス
十一月十一日、午前七時五分（東部標準時）

さきほどまでは、五人が大統領執務室《オーヴァル・オフィス》で無線交信に耳を傾けていた。長方形のコーヒーテーブルのまわりに集まり、黒いスピーカーホンを見つめて、長々と話がつづくのを、深刻な面持ちで聞いていた。

いまいるのは、そのうちの三人だけだった。ミドキフ大統領、トレヴァー・ハワード国家安全保障問題担当大統領補佐官、そしてアンジー・ブラナー。四十九歳で知的財産専門弁護士のブラナーは、ライト次期大統領の政権移行チームを率いていて、首席補佐官に任命されると予想されていた。ミドキフが退任するまで近くで勤務するよう、ブラナーは招かれていた。

危機に直面することを、ブラナーは予期していなかった。それが問題だった。

ほかにもふたりの重要人物が、交信を聞いていた。ラジーニ博士と、ベッカ・ヤング公衆衛生局長官。

マット・ベリーは、ウィリアムズに電話をかけるために、肌寒いローズ・ガーデンに出ていた。エイブラハム・ヒューレット国土安全保障省長官も、許可を得て大統領の控えの間へ行き、電話をかけていた。その部屋のほうがいくらか暖かかったが、西側の柱廊とたいして変わらない。西館には夕陽しか当たらないからだ。

ミドキフ大統領は、デスクの端に腰かけ、沈黙している電話機を見おろしていた。ようやく立ちあがり、コーヒーテーブルのほうへ行った。

「ベッカ、なにか意見は？」

「最初に思ったのは、説明されている症状が、放射線症と一致するということです」ベッカ・ヤング公衆衛生局長官が答えた。「急激な激しい出血、吐き気、嘔吐《おうと》」

ハワードは脚を組んでソファに座り、貧乏ゆすりをしていた。

「放射能の――源はどこかね、ヤング博士？」ハワードが質問した。「その地域で原発か潜水艦から放射能漏れがあったら、情報がはいっているはずじゃないか」

「飛行機事故に関して、現場で放射能を捜すよう指示していると、マットがいった」

ミドキフがいった。

「旅客機の乗客にもそういう症状があったという証拠があるのですか?」ヤングが質問した。

「いや」ミドキフは答えた。「テロ捜査の一環として調べているだけだ。いずれにせよ、正式な注意報は出ていない。シヴァンシカ、きみの意見は?」

「コアサンプルのことが非常に心配です」ラジーニ博士が答えた。「南極区域での採掘によって、生きている微生物が見つかることがあります。すべてわたしたちが知っているものだとは限りません」

「それは南極の話だろう」ハワードがいった。「ここは南インド洋だ」

「大陸が形成される前にそこにあったなにかが、氷が解けるか流氷になったことで現われることもありえます」

「南極の恐ろしい病原菌、気候変動の産物だとかいう幻想だな」ハワードが、そういって斥けた。

「仮説だからといって、存在しないとはいい切れませんよ」ラジーニ博士が指摘した。

「説明してくれ、シヴァンシカ」ミドキフがいった。

ハワードは黙り込み、自分のノートパソコンで検索しはじめた。

「きわめて耐寒性が強く、無酸素でも生きられる感染体因子、つまり病原体があって、それが長期間活動を停止でき、危険要因になりうるという仮説があります」科学顧問のラジーニがいった。「そういう微生物は、ずっと凍っていても、溶けたときに致死性を失っていないと考えられています」

「ブロントサウルスがそれに感染し、地中に埋もれて、現代に発見される」ハワードがいった。ノートパソコンに表示されているファイルを読んだ。「大統領、二〇二〇年一月二十日の公式報告書『南極コア分析による微生物研究』は、地球上に人類が出現する前に封じ込められた病原菌が突然現われて人類に感染する可能性はきわめて低いとしています。栄養分を取り入れるか繁殖する仕組みがないと、大気中で長期間生きられることはありえないとして、さらにどんな微生物でも――」

「風変わりな問題は、じっさいに起きるまでは、つねに可能性が薄いと見なされるものです」ラジーニ博士がいった。「二十年以上前に、NASAのマーシャル宇宙飛行センターの科学者たちが、南極のロシアのヴォストーク基地で採取したコアサンプルから、古代の微生物を発見しました。アメリカとロシアの科学者はいずれも、そのような知られていなかった病原菌が、異種間変異する可能性があることを否定できませんでした」

「それが発見された年は？　何年だった？」ハワードが質問した。

「一九九八年六月です」ラジーニ博士が答えた。

「そのとおり」ハワードがいった。「NASAの予算が削減されていた時代だ。デマで世間を騒がすのは、予算獲得のための常套《じょうとう》手段だ。まあ、それはいいとして、博士、その理論に沿って考えてみよう。ヴォストーク基地のコアサンプルは、どれほど深いところから採取されたのかね？」

「一二〇〇メートルを超えていました」ラジーニが答えた。

「相当深く掘削したわけだな」ハワードはいった。「われわれが交信を傍受したこの連中は、どこかで上陸して、約一時間半後には船に戻っていた。サンプルはせいぜい――数メートルくらいの地中で採掘したにちがいない。その島の環境は保護されているんだろう？　不法侵入だから、急いでいたはずだ」話をしながら、キーボードをすばやく打っていた。「南アフリカ海軍の前哨基地があって、毎日その付近を哨戒《しょうかい》している。深く掘削するような時間はない。そもそも掘削機械は大きな音をたてる。手動のドリルを使ったにちがいない」

「地中深くから採掘したサンプルだけが致死性だとは限りません」ラジーニはいった。

「極地と亜極地の永久凍土をわたしたちは〝きわめて伝導性の高い媒体〟と呼んでい

ます。微生物は水分と腐敗を好みます」

「旅客機は空中にあったし、船も大部分が水面より上にあった」

「トレヴァー」大統領がいった。「なにかべつの原因を想定できるのか?」

「大統領、わたしは、時間をむだにして、政治的困惑をもたらすようなまちがった結論が下されないように、強いて理論の欠点を追及しているだけです」

大統領が困惑していると、ヒューレットが戻ってきた。

「FAAのジム・グランドと話をしました」ヒューレット長官がいった。「この事態が掌握《しょうあく》されるまで、極地近くの東風もしくは西風に近づかないように、アメリカの空母すべてに飛行制限を命じたいといっています、大統領」

「適切な予防措置だ」ミドキフはいった。

ヒューレットが、メールでグランドに大統領の言葉をそのまま伝えた。ちょうどそのとき、ベリーが裏のドアからはいってきて、携帯電話を持っていた手に息を吹きかけて暖めた。表で考えたことをここに持ち込みたくないと思っているように見えた。

「マット?」ミドキフがうながした。

ベリーは、古いドアがきちんと閉まっているかどうかをたしかめるのに、ことさら時間をかけた。ウィリアムズに電話していたことを、ミドキフは知っているにちがいない。ミドキフはすでに、ジョン・ライト次期大統領にオプ・センターのことを話していた。そのほかの人間は知らないし、知る必要もない。ベリーは、なにをいうか決めかねているように、無表情でふりかえった。

「その地域について詳しい友人と話をしていました」ベリーはいった。「これには生命体が関係しているのではないかと、彼は思っています」

「ありがとう」ラジーニ博士がベリーにいうのが聞こえた。

ハワードが渋い顔をしたのを見て、外に出ているあいだになにかを聞き逃したのだと、ベリーは悟った。ハワードのことだから、例によって痛烈な反対意見を述べたにちがいない。外交政策のシンクタンクを経て国務次官になったハワードは、物事を疑ってかかるのが習い性になっている。

「その友人は、科学者ですか?」ヤング博士がきいた。

「堆積物学者です」ベリーは答えた。五分前にじっさいにその言葉を聞いたという感じでいえたので、ほっとした。

「放射能についてだれかと話をしていたのかと思っていた」ハワードがいった。

「その線では、なにも出なかった」ベリーは伝えた。「この地質学者には、ほかにもいろいろ思いついたことがあった。彼は――えー、水素ガスが加わると、それが急上昇するはずだし、秘密の掘削などによって、きわめて古い未知のスーパー耐性菌が解き放たれる可能性があるといっていた」

ハワードが顔をしかめた。大統領が電話を見おろして立ち、ベリーのほうを見たが、なにもいわなかった。

「ベリーさん」ラジーニ博士がいった。「あなたの友人は、生命体の発生源について推理をいいましたか？」

「ええ」ベリーはふたたびためらった。「わたしの情報源は、古代の堆積物に前史時代の生命体、それもおそらく――これはわたしではなく彼の言葉ですが――宇宙からの生命体が含まれていた可能性があると確信しています」

「話が『宇宙戦争』なみになってきたぞ」予想どおり、ハワードが馬鹿にするようにいった。

大統領は、一瞬表情を消してからいった。「博士諸君の意見は？」

「大統領、ベリーさんがいった友人の推理は、つじつまが合っています」ラジーニ博士がいった。「べつの世界の微生物が――宇宙の低温と真空で不活発になり――最近かもしくは前史時代に隕石に含まれて地球に落下した可能性はあります。あるいは、地球上の前史時代の微生物だったかもしれません。地球の奥にあり、何千年ものあいだ地表に出なかった微生物があるかもしれません。蔵書から引用したいものがあります。ギリシャの歴史家トゥキュディデスが書いたものです」

「大統領、講義を聴いている時間はありますかね？」ハワードが懇願した。「ラジーニ博士、バイオテロの話がしたいのなら、エボラ熱や腸チフスのメアリー――」

「そういうものを見つけるには、ハワードさん、まずすべてを検討しなければなりません」ラジーニがいった。

「死者がこれだけおおぜい出ているときに、そんな悠長なことはやっていられないだろう」

ミドキフが怖い顔をして、ハワードを黙らせた。「つづけてくれ、博士。しかし、手短に頼む」

「かしこまりました。トゥキュディデスは、紀元前四三〇年夏にアテネを襲った疫病について詳しく述べています。それを〝地獄熱〟と呼び、〝この病気は内臓へ下っていき、そこで激しい病変を引き起こすと同時にかならず液体状の下痢《げり》がはじまり、病変がしだいに全身にひろがる〟と書いています。体の各部分が文字どおり崩壊するもようを、詳細に説明しています。これは有名な描写なのですが、大統領、この尊敬すべき学者が説明している病気を、医学はいまだに発見していません」

「その実在を裏付けるデータもないはずだ」ハワードがいった。

「そうともいえません」ヤングが口添えした。「わたしたちの地学データベースによれば、十六万年前にはその地域で頻繁《ひんぱん》に火山の噴火が起きていましたし、激しい地震があったことを示す証拠を紀元前二二六年までたどれます。そういった活動によって古代の微生物が飛び散った可能性があります」

「問題になっているのはコアサンプルだぞ、博士諸君！　ヴェスヴィオ火山じゃない」ハワードがいった。

「それがあるのはイタリアですよ」アンジー・ブラナーがいい添えた。

　ベリーは急に、ライトに投票しなかったことを悔やんだ。

「わたしがいいたいことはわかるだろう」ハワードが、語気鋭くいった。

「マットと博士ふたりが正しいと想定してみよう」ミドキフが口を挟んだ。「わたしたちはなにをやる？」

「疾病予防管理センター《CDC》に通知しなければならないでしょう」ヤング博士がいった。

「賛成だ。ＣＤＣに説明してくれ、博士」ミドキフはいった。電話を終えたばかりのヒューイットのほうを見た。「すべてとどこおりないか？」

「ＦＡＡは対策を開始しましたが、ロシア民間航空局と中国民用航空局も動きはじめました。つまり、われわれの空軍もです」

「もうだれもが知っているわけだ」ミドキフが、驚いていないような声でいった。

海軍長官が指揮方針要約を提出しているかどうか、ハワードがノートパソコンで確認した。空母〈カール・ヴィンソン〉から届いた情報をもとに、提出されたばかりだった。統合参謀本部議長ポール・ブロード将軍からの緊急会議要請も届いていた。

ハワードが立ちあがり、ブロードのメールをミドキフに見せた。

ミドキフはうなずいて、ベリーのほうを見た。「マット、ふたりで話をしよう。みんな、しばらく席をはずしてくれ。博士諸君、どんな推測でもいいから、医療コミュニティからなにか聞いたら、教えてくれ」

「かしこまりました、大統領」女性博士ふたりがいった。

ハワードがベリーに非難する視線を投げるために立ちどまったが、ミドキフとベリーを残して、あとのものはオーヴァル・オフィスから出ていった。ミドキフが、スピーカーホンを切った。ソファに座った。ベリーはまだ立ったままだったので、向かいに座るようミドキフが手で促した。

ベリーはどさりと腰かけて、使われていないカップを見つけ、保温容器からコーヒーを注いだ。

「地質学者というのは、ウィリアムズが話をした人間のことだな?」

「タフツ大学の学者です。ウィリアムズの母校の」

大統領はうなずいた。「このことを統合参謀本部の連中と話し合うつもりはない。彼らの立場はわかっている。これが細菌かウイルスだとしたら、だれだって――おおぜいが――そこへ行ってサンプルを手に入れようとするだろう」

「大統領、こういうものを兵器化するのは――」

「わかっている」ミドキフは遮った。「正気の沙汰《さた》ではない。違法であることはいうまでもない。しかし、治療法を見つけるためにも、われわれは手に入れなければならない。早急に。反対するのか?」

「ワクチンと免疫原性に関する指針に基づいているのなら、その特定の行動には反対しません」ベリーはいった。

「それでいい。入手するためにブラック・ワスプを派遣することについては、どう思う?」

「秘密を維持して適応する能力を、彼らは実証しました」ベリーはいった。〝捨て石にできる〟とはいわなかったが、大統領の考えにはその要素が含まれているはずだった。軍のどの兵種もこういう任務をよろこんで引き受けるだろうが、その場合には監督と説明責任を排除できなくなる。

ミドキフが、ゆっくりとうなずいた。「チェイスとチームに、大至急取りかからせてくれ。資産（諜報活動に用いる人的・物的資源）を起動する必要がある」

「わたしが手配します」ベリーはいった。

ベリーはコーヒーをごくりと飲み、ローズ・ガーデンに出ていった。ミドキフがハワードにどういう話をするか、果たして話をするかどうかも、見当がつかなかった。大統領は、たとえ相手がもっとも親密な幹部であろうと、なにもかも教えることを求められていない。わざと伏せておくほうが、補佐官が美辞麗句を使うのを抑制するのに役立つことが多い。

物事が動き出したので、ベリーはようやくこれまでに起きたすべてをじっくり考える機会が持てた。オーヴァル・オフィスでは、事態を収拾するのに忙殺されるので、事件の衝撃が心に深く銘記されにくいのだ。

いま、不意にこの事件の衝撃が心に襲いかかった。瞬時に死をもたらすこの空気感染が世界中にひろがる可能性があることを考えると、ベリーは急に激しい不安にかられた。

7

フォート・ベルヴォア、本部大隊
十一月十一日、午前七時十四分（東部標準時）

ハミルトン・ブリーン陸軍少佐が、人生とそれを織りなしている毎日が大好きだった時期もあった。三カ月と一週間前に、その時期は終わった。リトル・アフガニスタンの曲がりくねった汚い道路で、これといった特徴のない白いバンの後部に乗っていたとき、自分の人生と先行きがこれほど暗くなってしまったことが、ブリーンは信じられなかった。

それでも、いまの自分が愛国者でプロフェッショナルなのは、なによりも幸せなことだ、と心のなかでつぶやいた。

ブリーンは、自分が暮らし、働いていたヴァージニア大学のキャンパスが大好きだった。付き合っているアメリカ史の教授を心から愛していた。彼女は、ブリーンの昔気質《かたぎ》の考えかたをめったに変えることができなかったが、それでも異議を唱えた。週末にふたりはブリーンのバイク——ヤマハ・スターイルーダー——でツーリングを楽しんだ。ハーレーではないが、大陸横断が可能な大型バイクだ。風が顔に当たるのを感じるのが、ふたりとも好きだった。ブリーンは熱心な教師だった。弁護士で犯罪学者のブリーンが法務総監部隊に加わったのは、アメリカを愛し、アメリカの法律と責務を本気で信じているからだった。次世代の立憲主義者を育てるのに、じっさいに寄与したいと思っていた。

それなのに、アメリカ海軍がわたしにいったいなんの用があるのか？　ブリーンは思った。彼らはわたしを任務に送り込み、わたしたちは裁判なしでひとりの男を処刑した。

もしかすると、バランスをとるために送り込まれたのかもしれない。良心が必要とされず、求められてもいない仕事における良心として。具体的に頼まれたわけでもないのに、生まれたばかりのブラック・ワスプと呼ばれる秘密工作チームで、ブリーンは重要な役割を果たした。とはいえ、三十七歳のブリーンに選択の余地はなかった。無制限の試作テロ対策プロジェクトＷＡＳＰ——戦時急速攻撃配置《ウォータイム・アクセレレイテッド・ストライク・プレースメント》——

に参加するか、サバティカルをとって、陸軍に許されるまでなにもせずにいるか、ふたつにひとつだった。

海軍は許してくれない。

異動は定まった手順どおりではなかったが、それも肝心な点で、あっという間に行なわれた。チームには法律と法医学の専門家が必要で、ブリーンが適任だった。もちろん最初は、〝間借りの組織〟としてフォート・ベルヴォアに配置転換になることは教えられなかった。ブラック・ワスプは、本部大隊に所属し、そこでは〝世界中の軍事緊急事態向けの支援要員〟と分類されていた。

陸軍は、その時点では知らされていなかったのかもしれない。ブラック・ワスプの最初の任務が失敗していたら、チームはおそらく解隊され、忘れ去られていたはずだ。

成功によって薙《な》ぎ倒されたのだと、辛辣《しんらつ》に思った。

成功によって、ブリーンはスプリングフィールドに移るはめになった――いとしいイネーズから離れ、法務総監部隊から離れ、チームの戦闘員ふたり以外のあらゆるものから切り離された。イネーズが歴史の忘れ去られた部分を踏査するフィールドワークで旅行するとき、ブリーンはいつも、彼女に会えないのを淋しく思った。フェイスタイムも間遠になり、やがて……途絶える。

そのことを考えるのはやめろ、ブリーンは自分をいましめた。なんの役にも立たない。

いま、戦闘員ふたりは忙しい。二十六歳のグレース・リー陸軍特殊作戦コマンド中尉と、パラシュート降下資格を有する二十二歳のジャズ・リヴェット海兵隊兵長は、シェール・ダルワーザ（ライオンの扉）山の斜面に建てられた中庭を囲む家を抜けているところだった。ブリーンは、ふたりのヘルメットに内蔵されたヘッドアップ・ディスプレイの画像で進捗《しんちょく》を見守っていた。顔認証ソフトウェアが原型の脅威《T》探知《D》システム《S》によって、金属は自動的に赤い枠で囲まれる。これまでのところ、TDSが識別したのは、鍵束《かぎたば》、旧式な携帯電話、グレープフルーツ用ナイフだけだった。

リヴェットが右、グレースが左を進んでいた。ふたりの任務は、宝石と現金を捜している盗賊からシーク教徒の家族——両親と幼い娘ふたり——を解放することだった。

外部の人間がやってくるおそれがあるので、それを見張るのがブリーンの役目だった。そのほかの戦術的支援は行なわない。車のあちこちに見えないように仕掛けたビデオカメラ数台で、表の三六〇度映像を見て、通行人を監視する。グレースとリヴェットが閉じ込められたり、敵が〝游動人質〟——偵察のために送り込まれ、逃げようとしたら背中を撃たれる人間——を送り込んだりしたときには、ふたりを脱出させるのが、ブリーンの仕事になる。まずい状況になったときには、自分が脱出することが、唯一の仕事になる。

よく晴れた昼間で、雲ひとつなく、ふたりは日蔭《ひかげ》になっている中庭の側から家に接近していた。そこは山から見下ろせる位置にある。フロントウィンドウの日除《ひよ》けを模した音響探知機によって、人質の家族が分散させられているのをふたりは知っていた。子供たちは狭いキッチンに入れられ、両親はリビングで縛られ、猿轡《さるぐつわ》を噛《か》まされていた。音声がかなりくぐもっていたので、こういう家でたいがい床に敷いてあるマットレスに横たわっているようだった。

黒い頭巾《クーフィーヤ》をかぶっている長身の男が、左の戸口から現われた。両手で持って下に向けている銃は、輪郭からしてM16A2アサルトライフルにちがいなかった。

グレース・リー中尉――銃は携帯せず、刃渡り二〇センチのカモフラージュ塗装のナイフだけを持っていた――が、跳躍して、高いフロントキックを男に向けて放った。ブーツの爪先《つまさき》が顎の下に命中し、男がドア枠にぶつかった。グレースは男の横に着地し、しゃがんだ。銃を持っている男の手を左手でつかみ、ナイフをふりあげて、下腹に深く突き刺した。アフガニスタン人がうめき、グレースは男の手をつかんだまま立ちあがり、胸骨に向けてナイフを引きあげた。

男が声をたてずに倒れた。グレースが男の胸から離れるあいだに、リヴェットが前進し、キッチンを目指した。

「バスルーム!」グレースが、ヘルメットの通信機を通じて、鋭い声で告げた。

リヴェットがさっと向きを変えた。バスルームのドアが閉まっているのをふたりはすでに確認していたし、狙撃手《そげきしゅ》のリヴェットはどこを見ればいいか知っていた。コルト45セミオートマティック・ピストルをリヴェットが構えて狙《ねら》いをつけると同時に、ロシア製のAS・Valアサルトライフルがリヴェットの方角に向けられるのをTDSが識別した。

リヴェットが一発を敵の眉間《みけん》に打ち込んだ。敵があとずさって倒れ、アサルトライフルがカーペットの上に落ちた。

ブラック・ワスプは存在を知られたことになったから、すばやく行動しなければならない。

「ターゲットA!」侵入の指揮をとっていたグレースが命じた。

グレースが先頭なので、だれかが近づいてきたときには、進路を確保しなければならない。リヴェットは、前進しながら後方の安全も確保する。

突然、ふたりのヘッドアップ・ディスプレイとブリーンのモニターに、メールが表示された。

ブリーフィング・ルームAに出頭せよ。

戦闘員ふたりは悪態をついた。ブリーンは、グレースの画像の赤いボタンを押した。死んだ男が消えた。周囲に群がっていたリトル・アフガニスタンの市民たちも消えた。アフガニスタン人たちはすべて、ホログラフィーでヘッドアップ・ディスプレイに表示されていたのだ。フォート・ベルヴォアのタリー・ゲートの北に建設された小さな訓練用の村でのシミュレーションは終わった。

「前のやつのほうが好きだったな」家から出ながら、リヴェットがグレースにいった。

「負傷した海兵隊員を助け出すっていうのは、結び付きが感じられて。おれのいう意味、わかるよね？」

「シーク教徒は、あなたが大人になるまでの経験にはなかったから」身長一五七センチのグレースがいった。

「まあ……そうかもしれない」カリフォルニア州サンペドロで生まれ育ったリヴェットが答えた。「ロッククライミングや体育だって経験してないけど、気に入ってる。

スクーバダイビングもね」

体の圧力、疑似的に作り出される重さは、ふたりが付けている精密なワイヤレス手袋によってもたらされる。手袋の生地は、ふたりの器用な技や武器の作動には干渉しない。ショルダーパッド、ブーツ、裏地内の動くセリー状物質が、物理的な打撃をシミュレートする。銃はほんもので、空砲を使う。

ブリーンは、ターゲットを撃つべきかどうかを瞬時に判断する訓練として、不意に現れるボール紙の人型標的よりもこのシミュレーションのほうが有効だと確信してはいなかった。しかし、コストを度外視するなら、こういう最新鋭のテクノロジーが現場で使用されるところは、二カ所しかないというのは、認めざるをえなかった。アメリカ軍とディズニーランドだけだ。

ブリーンは、バンをおりた。戦闘服と革ジャケットを着ていた。ここに来てから、それが持っている服のほとんどを占めている。グレースとリヴェットは、いつものようにヘルメットを大事そうに脇に抱え、おたがいの行動を批判しながら、建物から出てきた。それが必要なのだと、ブリーンにはわかっていたが、グレースとリヴェットはまるできょうだいのようになっていたので、どの議論もディベートの様相を呈していた。

「……バスルームでは、ひと呼吸置くべきだったかもしれない」リヴェットがいっていた。「離れたところから撃つんじゃなくて、あいつを押し戻せば、下腹が銃声を吸収できた」

「それでもあいつの仲間が銃声を聞くわよ。あんたが便所にいるあいだに、わたしは敵をふたり相手にしなきゃならなくなる」グレースが指摘した。

「いや、おれはもう出てるよ」リヴェットがいい張った。「コルトは反動が強いからね。それをうまく利用できる」

ふたりがバンにはいって、ヴァーチャル《V》リアリティ《R》ヘルメットを緩衝材付きの物入れにしまい、ふたつの座席にドサッと座った。もうひとつの座席は、ブリーンの装備を置くために取りはずしてある。ブリーンがすこし遠ざかったのは、戦闘員ふたりのやりとりのせいではなかった。自分の気持ちがよくわからないからだった。こういう教練に慣れ、なじんでいて、どうして会議に呼ばれたのだろうと好奇心にかられていても、ブリーンはグレースやリヴェットのような戦闘員とはちがう。どうしても戦闘を経験したいわけではない。

リヴェットは、座席に座るとすぐにべつの話題に転じた。「あの飛行機墜落のことだろうな」

グレースはまだ教練のことを考えていて、なんの意見もないようだった。リヴェットが口にするまで、ブリーンはその一件のことを思いつかなかった。ありうることだった。南アフリカ関連の問題だし、テロリストがからんでいる可能性があるとき、アメリカは性急になる。

無理もないことだとブリーンは思いながら、グレースのうしろでドアを閉めた。アメリカ政府《ワシントン》が敵と戦うことに執念を燃やしていても、南アフリカ政府《プレトリア》のこういうたぐいの捜査に使用する資源は限られている。

バンの行き先は、マウント・ヴァーノン・ロード近くの陸軍管理学校のビルディング247だった。十分でそこに着くあいだ、ブリーンは沈黙していた。リヴェットは、アフガニスタン人が持っていた銃器についての長話も含めて、さまざまな話題を口にしていた。グレースはリヴェットのヘルメットのカメラの動画を再生して、教練を見ていた。グレースは、戦いの最中にはそれに没頭していたので、なにを見落としていたかを、客観的に知ろうとしていた。

三階建てのそのビルは、外観も雰囲気も大学のようだった。

ブラック・ワスプの三人の軍服には、部隊章、階級章、名札がない。任務中の憲兵《MP》のような態度で注意を集中し、出遭った人間にちらりと目を向けられたが、視線は返さなかった。一瞥《いちべつ》されたのは、グレースとリヴェットが腰に武器を帯びていたからだった。このビル内では、教官と警衛以外は銃やナイフを持たない。

三人とも、このビルに来たことはなかった。ドアに面したデスクの奥に、女性の警衛がひとり座っていた。〝来客受付〟という机上札が、彼女の前にあった。コルトと刃渡り二〇センチのナイフを厳しい目で見てから、警衛伍長《ごちょう》はＩＤの提示を求め、武器を渡すよう要求した。

警衛は腰の着装武器《サイドアーム》、九ミリ口径のシグ・ザウアーＸＭ17に手をかけていた。それを惚《ほ》れ惚《ぼ》れと見たリヴェットがうなずいた。

「すげえ拳銃《けんじゅう》だ。しかも延長弾倉付きだ」リヴェットがいった。

「あなたに指示したように――」

警衛のベルトの無線機から聞こえた。「フランクリン伍長、その三人はそのまま入館させるように」声の主がいった。「ブリーフィング・ルームＡに案内してもらいたい」

「イエッサー」女性伍長が答えた。

腰の拳銃から手を遠ざけ、座ってノートパソコンのキーをひとつ叩くと、クレジットカードくらいの大きさのプリンターから、三人の通行証を抜いた。一枚ずつ渡し、三人が身につけるのをじっと見ていた。

「わたしのうしろで右に曲がり、突き当たりまで歩きつづける」警衛伍長がいった。「ドアに黒字でブリーフィング・ルームAとあるから、だれにでもわかる」

嫌味なのか、ブリーンにはわからなかったし、どうでもよかった。局地的な指揮——ゲートや駐車場——を任された兵士が将軍なみに威張るのは、よくあることだった。

グレースとリヴェットは、ブリーンの前を歩いていた。これがどういうことであるにせよ、きょうのふたりは勇み立つことだろう。グレースはいつも教練のあとで朝食を食べてから、武道の稽古《けいこ》を九十分やる。リトル・アフガニスタンから歩いてすぐのところにあるジムで訓練する。ターゲットは練習用ダミー、重いバッグ、壁の革パッドだった。棒術の棒、刀、星型手裏剣、スペインの武術エスクリマの棒、ヌンチャク、ナイフを使って、グレースは空想上の敵を攻撃する。ときどき、グレースのカンフーの技倆を知らない人間が、スパーリングに挑む。ジムのリングでどういうパンチや蹴《け》りがくり出されても、彼女に命中することはない。それをくり出した相手のほうが、かならず痛打を食らう。

朝食後、リヴェットは屋内もしくは野外の射場へ行く。武器庫にどういう装備があっても、親指指紋認証で、リヴェットは射場と武器を無制限に使える。射場担当の将校への第一声は「おれを驚かせてみろ」に決まっていた。競争する相手は自分だけだと思っていたので、つねに独りでいるのを好んだ。だれかが射場にいると、かならず対抗意識が生まれる――言葉にされることはないが、目つきと、拳銃やライフルの発射音で宣言される。

そして、挑戦者はかならず打ち負かされる。

ここに来てから、グレースとリヴェットは、数多くの人間の敬意を得るようになった。彼らに勝とうとする格闘技の達人や早撃ち名人は、それほど多くなかった。軍では技倆が高い評価を受ける。ある日、それに生死が懸かるかもしれないから、なおさらだった。

三人はブリーフィング・ルームAに到着し、グレースがノックした。

「はいれ」

グレースがドアをあけ、三人ははいった。ブラインドが閉ざされ、蛍光灯が鈍い象《ぞう》牙《げ》色の光を投げていた。ここからそう遠くない将校クラブではじめてその男と会った部屋とはちがい、広くて居心地がいい部屋ではなかった。

だが、男はおなじだった。真剣な表情も変わりがない。丸い会議テーブルのそばに立ち、ブリーンがドアを閉めるのを待って、チームの三人に向かっていった。

「会えてうれしい」男は力強い利かぬ気らしい口もとに、かすかな笑みを浮かべた。

「わたしたちがやる仕事がある」

8

南アフリカ、プリンス・エドワード島
十一月十一日、午後二時四十八分（東アフリカ標準時）

はるか彼方《かなた》で閃光がほとばしったように見えた。落雷ではなかった。音は聞こえなかった。ファン・トンダーは怪訝《けげん》に思った。

また飛行機だろうか？　それにしては、空を飛ぶものをなにも見ていないし、急降下の甲高い音も聞いていない。

こういう無力感は大嫌いだ。

マブザはいまも酸素を吸っていたが、ボンベがほとんど空になっていた。マブザは体力をかなり失っていた。さむけを感じ、熱が出ているようだったので、ファン・トンダーは機内の暖房を強めた。だが、マブザは着陸したときよりもひどくなってはいなかった――よくなってもいない。

サイモンズ・タウンの南アフリカ海軍健康管理部部長のグレイ・レイバーン中佐に、シスラが基地から状況をなんとか伝えていた。この地域の大気がどういういたずらをやっているのかわからなかったが、ファン・トンダーはようやく、六十三歳の肺専門医とじかに連絡がとれるようになった。

ファン・トンダー中佐は、すでにシスラを通じて、どこでなにが起きたかを説明していた。旅客機の残骸のなかにつかのま見えたものも描写した。

「乗客ひとりに関して、病原体に感染した可能性があるという通報があったことを、アメリカのＦＢＩが伝えてきた」レイバーンがいった。「マブザ大尉の症状は、それを想起させる。プリンス・エドワード島との因果関係は不明だが」

「役に立つかどうかわかりませんが、鳥の鳴き声はいまも聞こえます……動物が、ヘリコプターの外で動きまわっています」

「異種間の汚染は、きわめて珍しい」レイバーンが告げた。

「そういう意味ではないんです。病原体という理論が成り立つようだからです。放射能か化学物質なら、鳥や動物も死ぬはずです」

「そういうことか、ファン・トンダー中佐。きみの推論は先走り過ぎているぞ」

「そんなことはありませんよ。あなたがたは、原因を突き止めるのに必死で努力しています。わたしは看護しながら、周囲のようすを伝えているだけです。それで思い出しましたが、ほかにもあります」ファン・トンダーはつづけた。「海のほうに爆発の閃光のようなものが見えました。二十分ほど前に」

「おおよその位置は？」

「北西でかなり離れています。きのうの夜に哨戒飛行を行なったときに、ヨットを見かけました。管轄よりも北で、不審な点はなにもありませんでした。その閃光とは関係ないのかもしれません」

「船名は？」

「すみません。夜の霧のせいで、船だけがどうにか見えていたんです」

「なるほど。医療用マスクを付けているといったね」

「はい、マブザ大尉もです」

「中佐、大尉のマスクを見て、仕様を読みあげてくれ。ゴムバンドかヘッドバンドに書いてある」

ファン・トンダーは、コクピットのライトをつけて、マブザのほうへ身をかがめた。ブルーのラベルがあった。「ＥＮ１４９ＦＦＰ３」

「パンデミック用のヨーロッパの標準仕様だ」レイバーンがいった。「了解した」

ファン・トンダーは座り直した。応答するのに、一瞬言葉が出てこなかった。「ここで起きているのがパンデミックだというんですか？」

「わからない」

いままでは鳥の糞で足を滑らせないように気をつけることだけが最大の難題だったファン・トンダーにとって、それはとてつもない話だった。「わたしたちは、どうすればいいですか？」

「明朝までに検疫医療チームがそこに到着するように努力する」

「墜落事故の調査はどうなっていますか？　マリオン島に向かっているはずだし――」

「彼らは探査の準備をしている」レイバーン中佐がいった。「墜落した飛行機の航路をたどって接近する危険を冒さず、海路で行ったほうがよいのではないかということについて、少々議論があったと聞いている。しかし、原因をたしかめるのにはセンサーが必要なので、危険を冒す甲斐《かい》はあると判断された」

「彼らがわたしたちを救助することはできませんか？」ファン・トンダーはきいた。

「民間人だから、墜落の調査が最優先だろう。すまないが」

当然のことだと、ファン・トンダーは認めざるをえなかった。資源がこっちに向かっているのに、救出に使われないというのは悔しかった——しかし、そういう用心に異を唱えることはできない。

「医官《ドクター》、水と医療品は積んである分だけで、あまり多くないんです」ファン・トンダーはいった。

「わかっている。気の毒だと思う、中佐。こういうことに、わたしたちは適切な備えがなかったし、そもそもまったく備えがなかった」

ファン・トンダーは、周囲を見た。荒涼としているだけではなく、古代のような感じだった。まるで人間の存在など小さなひとつの点か、空想にすぎないように思えた。自分はノアの大洪水以前の時代を訪れている時間旅行者《タイム・トラヴェラー》だし、ヘリコプターは自分が乗ってきた宇宙船かなにかかもしれなかった。

「ひとつだけ明るい気持ちになれることがある」レイバーン中佐がいった。「きみのパイロットは、病状が悪化していないようだ。感染体が空気中で長く生きられないのか、数がすくなかったのかもしれない。今後、調査する必要がある」

「つまり、マブザ大尉がこれ以上、悪くなるとは思えないというんですね？」

「はっきりとはいえない。きみが説明したことからして、肺炎かそれに類する病気と闘っている患者のような感じだ」

「レイバーン医官、失礼ですがただの〝病気〟のようには見えません。マブザは、フットボール選手みたいに汗をかきながらふるえています。たしかにいまは闘っていますが、酸素がなくなったらどうすればいいんですか？　外の空気を取り込むのはまずいでしょう」

「じっさい、まずい」レイバーンがいった。「しかし、それは低体温症の危険があるからだよ」

「よくわかりませんが」

「暖房をつけているんだろう？」

「そうです」

「大尉の体をできるだけきちんとくるんでから、暖房を切るんだ」レイバーンは指示した。

「表は氷点下なんですよ」

「わかっているし、それが、中尉が生きている理由のひとつかもしれない。この微生物は、明らかに低温の環境――永久凍土や高高度の大気を好んでいる。めずらしいことではない。きみたちはそのなかをヘリコプターで飛んで、旅客機とおなじように巻きあげたんだろう。微生物が行きたがるような低温状態をこしらえたんだろう。きみたちのまわりの空気が、きみたちの体よりも冷たかったら、そいつらは寒いそっちに戻るかもしれない。大尉の額も冷えるように、水で濡《ぬ》らしておくといい」

「おなじ理由から？」

「そのとおりだ。冷たさで誘い出す。もうひとつある」レイバーンはいった。「きみが見たという輝きから、どれくらい離れているんだ？」

「一キロ半ぐらいでしょう。シップ・ロックのあたりでした。それはまちがいないですが、ヘリコプターが着陸した位置は、正確にはわかりません」ファン・トンダーは、ふたたびレイバーンの考えを先読みした。「そこへ行けというんですね」

「中佐、そうはいわない」レイバーンがいった。「ただ、じかに見た情報をきみから聞く必要があるかもしれない。上官と相談する。とにかくいまは、暖房を切り、体をできるだけ暖めるようにしろ。なんとかして救援を行かせるようにする」

「ミサイルを使ったらどうですか？」ファン・トンダーは、冗談のつもりでいった。

「悪くない意見だと思うね。それから、中佐、酸素ボンベが空になっても、マスクははずさないように」

「了解しました」ファン・トンダーはいった。

「できるだけ急いで、また連絡する」レイバーン中佐がいった。

「感謝します」ファン・トンダーはいった。「この電話で、適切な対応を教えてくれるかたと話ができてよかった。海軍も今回は正しいことをやりましたね」

「今回は」レイバーンが相槌《あいづち》を打った。

通信が終わると、ファン・トンダーは暖房を切った。数秒で温度が急激に下がった。これから夜を迎えなければならない。ファン・トンダーは、水筒を取り——。

「しまった」

マブザ大尉の体に触れてもいいかどうか、きくのを忘れていた。触れないことにした。掌に水を注ぐのではなく、座席の下の工具箱から薄い金属片を出して、マブザの額の上で曲げた。それから、その上に水をこぼした。

風防に映る自分の顔を見たくなかったので、ファン・トンダーは照明をすべて消した。空の奥行きが深く、近く感じられた——広大で、無限だった。時間の観念がなくなり、果てしない時がめぐっているような奇妙な感覚があった。

「よし、大尉」ファン・トンダーはいった。「これと闘ってくれ。おれたちは宇宙のちっぽけな点かもしれないが、かけらだってひとつよりふたつあるほうがいい。聞こえるか？」

「ああ……きれいだ」耳障りながらがら声で、マブザがいった。

ファン・トンダーは笑みを浮かべた。「目を醒ましたのか！」

「だれかが、やかましい音をたててたんです」

「すまない。きみはどんなときでも眠れるじゃないか。あの岩崩れを憶えているだろう？」

マブザは答えなかった。ガタガタふるえ、歯が激しく鳴っていた。ファン・トンダーに毛布の用意はなかったが、マブザが機体からはずした防水布があった。ファン・トンダーは、それを座席の背もたれにかけてから、マブザをくるみ、自分もその下に潜り込んだ。

そして、腰を落ち着けて待った。

爆発の光が見えた方角の青空に、赤い輝きが踊っているような気がした。燃料が燃えているのかもしれない。

ファン・トンダーは、レイバーン中佐との話し合いを思い出したが、元気づけられるような要素はなく、不安になるばかりだった。

なんの準備もなくこの一件に関与した人間にしては、ずいぶん具体的な指示だったと、ファン・トンダーは思った。レイバーンはよっぽど優秀なのか、並外れて直観のすぐれた医師なのかもしれない。そうでなかったら、考えられることはひとつしかない。

なにが起きているのか、九割かた見当がついているのだ。

そのとき、低い空に輝いていた星が、水平線に沿って動いたなにかのために見えなくなった。

9

フォート・ベルヴォア、本部大隊
十一月十一日、午前八時（東部標準時）

　ブラック・ワスプのメンバー三人がブリーフィング・ルームAにはいっていったとき、男はうなずき、ちらりと視線を向けたが、きちんとした挨拶《あいさつ》はなかった。チェイス・ウィリアムズは私服で、歩いてくるときに着ていたブルーのウィンドブレーカーを脱いでいなかった。ウィリアムズは、円形の会議テーブルの向こう側に立っていた。

　ブリーンには、ウィリアムズが痩せたように見えた。ほかのことをやっているときよりも不愛想だと思った。それに、肌が青白い。晩秋なのだから、驚くにはあたらない。服はきちんとプレスされ、靴は磨かれていた。元海軍将校なのだから、当然だろう。だが、それらは些細なことだった。道路脇の広告のように目立っている大きなちがいは、熱気が欠けていることだった。ブラック・ワスプがサーレヒーを追ったとき、それはウィリアムズにとって一種の十字軍だった。しかし、今回はいくら重要でも、たんなる仕事なのだと、ブリーンは早くも見抜いていた。

「またきみたちに会えてうれしい」ウィリアムズが本心から親し気にそういった。

「われわれは、南アフリカ航空のＡ３３０-２００がけさ墜落したところへ行く」唐突にそういった。「第12戦闘航空旅団が、ヒューイでわれわれをラングレーへ運び、そこからアメリカ・アフリカ軍《USAFRICOM》のＣ-21に乗り換え、給油のために四回着陸し、十五時間ほどでプレトリアに到着する。きみたちのパスポートと現地の通貨は、機内に用意してある。プレトリアからは、アフリカ軍海上部隊《NAVAF》に引き継がれる。目的地はまだはっきりわかっていないが、おそらくプリンス・エドワード島だろう。ブリーフィング資料と最新情報は、これから送られてくる」

アメリカ・アフリカ軍は、ドイツのシュトゥットガルトのケリー駐屯地に司令部があり、ＮＡＶＡＦはその麾下《きか》部隊だった。ＮＡＶＡＦは、アフリカ大陸とその南の要所すべてを担当し、南極圏もそこに含まれている。

「すくなくとも旅客機の操縦室が、発生源も種類も未知の空気感染する病原菌に汚染されたと確信できる理由がある」ウィリアムズは話をつづけた。「火山性ではないが、やはり性質が不確定の地質成分の可能性があると、衛星偵察が示唆《しさ》している。われわれがそこまで推理しているのだから、他の主要勢力もおなじことを知っているだろう。そういう有毒物質が存在するかどうかをたしかめるのが、われわれの任務だ。存在するようなら、それを確保し、戦争を起こさずに拡散を防止する。きみたちの非常持ち出し装備と防護装備は、ヒューイに積み込まれている」リヴェットとグレースに、にやりと笑ってみせた。「きみたちが身につけている物はべつとして。

南アフリカは、われわれが行く理由を知らないが、じっさいに出動を求められている国家運輸安全委員会の要員だというのが、われわれの偽装だ。質問はヘリに乗ってからにしてくれ。C‐21の離陸は」壁の時計を見た。「八時三十分だ。ヘリで落ち合おう」

全員が立ちあがった。リヴェットが、置いてあったボトルドウォーターを取った。

グレースが、首をふった。

「おい、ただなんだよ」リヴェットがいった。「〝ただ〟のものは置いていかない」

ブリーンは、ウィリアムズがメモなしでプレゼンテーションを行なったことに気づいた。ほんとうにすばらしい人物だ。だれからも説明を受けたわけではなく、墜落後、ずっとこのことだけに専念してきたのだ。

「歩くんですか?」ブリーンは、ウィリアムズにきいた。

「行ったり来たりすることだけが運動だ。きょうもそうする」ウィリアムズはいった。

「いっしょに歩いてもいいですか?」

「歓迎するよ」

ふたりは、ブラック・ワスプの若いふたりのあとから、廊下をひきかえした。ウィリアムズはすでにサングラスをかけ、調整ベルト付きの野球帽をかぶって、短く刈った灰色の髪を隠した。知っている人間に顔を見られたくないのだと、ブリーンは推測した。外に出るまで、ふたりは口をきかなかった。ウィリアムズが、話を聞かれたくないと思っていることも明らかだった。

「わたしたちのチームに加わった理由をきいてもいいですか?」ブリーンはきいた。

「わたしはずっとデスクワークに慣れていた」ウィリアムズはいった。「しかし、独りで働くのには慣れていなかった」

ブリーンは、それ以上、無理にききたくはなかった。手助けしたいのかどうかも――手助けを求められたとしても――わからなかった。犯罪学を生かじりした教授兼弁護士としての顔が現われただけだった。ブリーンは、知りたがり屋だった。

「きみはどうだったんだ?」ウィリアムズがきいた。「ここに来るのは、当初の予定とはちがっていたんだね」

「まあそうです。だれかが犠牲を払わなければならない」

ブリーンはかなり陽気な口調でそういったが、ウィリアムズは見抜いていた。

「軍隊は」退役将校のウィリアムズはいった。「徴兵のときに連中がよくいうように、〝それに勝るものはない〟」

ふたりが話したのは、それだけだった。ウィリアムズが話したくないことがなんであろうと、それが明かされることはないだろう。

飛行場まできびきび歩いて十分かかり、陽射しが空から噛みついた。地上員がすでにUH-1Nへの積み込みを終えていて、乗客四人が乗り込んだ。必要なものがすべて積まれているのを確認してから、準備完了が告げられた。ブラック・ワスプのメンバーはそれぞれ、いつでも出動できるように、武器と温暖地か寒冷地用の装備を、つねにケースふたつに分けて入れてある。

ヘリの搭乗員は機長と副操縦士だけだった。リヴェット、グレース、ブリーンが、そのうしろで、バッグを足もとに置き、前向きの座席に座った。ウィリアムズは、横向きの二座席のひとつに座った。ほどなくチームはC-21に乗って空にあがっていた。DLAは、隠密任務のために輸送機数機をつねに確保している。退役空軍パイロットが操縦し、飛行の費用はそれを必要とする部門が支払う。オプ・センターがどの大統領にとっても貴重で有用な組織でありつづけるのはそのためだと、ウィリアムズはいち早く気づいていた。スパイ組織としての規模を縮小されたとはいえ、いまも完全に機能している機関であるかのように議会から予算をあたえられているので、こういう任務の費用をまかなうことができる。C‐21には乗客が八人乗れるが、いまはブラック・ワスプとその装備だけが積載されている。

ブラック・ワスプはひとりひとり、座席を占有していた。

ベリーが先刻、目的の地域についての概要と作戦の現況をウィリアムズに送信していた。いまウィリアムズは、アスタリスク付きの重要項目の最新情報を受信した。

＊遭難したヨットが、東アフリカ標準時午後二時四十三分に、南インド洋で爆発した。船内の原因によると思われる。

＊オートジャイロが向かった地域。衛星画像添付。ひとりが乗り、北西に向かっていた。

＊南アフリカ民間航空局が船でマリオン島に向かっている。

＊外国の船舶・航空機は接近していない。

いまのところは、とウィリアムズは思った。どこの国であろうと、乗組員が全員死んでいる最新鋭の軍艦が公海を漂流するようなことは望まないだろう。ブラック・ワスプ・チームとは異なり、危険を冒して問題の地域へ行く前に、もっと情報を集めようとするはずだ。あるいは、ブラック・ワスプのような特殊作戦チームが出動準備を進めているかもしれない。

問題の地域の歴史と地政学についての手引きがあり、チーム全員がそれを受信していた。タフツ大学の学生だったころに学んだことをウィリアムズは思い出し、その後の世界を変えた出来事について考えた。

アパルトヘイト——アフリカーンス語で、〝隔離《アパート》〟と〝状態《フッド》〟を意味する言葉——は、一九四八年に南アフリカで小数民族の白人が確立した人種差別政策だった。インド系とパキスタン系も含めて、人口の約八〇パーセントが有色人種だった。そのひとびとは、白人居住区で暮らしたり商売を営んだりするのを禁じられ、白人市民との交流すら禁じられた。就くことができる職業は限られ、政治勢力は白人に占められていた。公用語はオランダ、ドイツ、フランスの植民地主義者の言葉から派生したとされ、ケープオランダ語とも呼ばれるアフリカーンス語だった。

国際社会が徐々にアパルトヘイトに憤るようになり、アメリカとイギリスが一九八五年に経済制裁を課すに至った。アパルトヘイトは不承不承、しだいに緩和され、一九九〇年から九一年にかけて廃止された。法律上では規制が存在しなくなったが、現地の人間の心にはまだ根強く残っていた。何百年にもわたる条件付けと、オランダ人の子孫で誇り高いボーア人が昔の祖先を懐かしむ気持ちは消えることがなく、そういう意識がまったく変わらないこともしばしばだった。

若いジャズ・リヴェットはこういう歴史をどれほど知っていて、どういうふうに受けとめるだろうかと、ウィリアムズは思った。リヴェットは資料を読むのに熱中しているように見えた。

プリンス・エドワード諸島は、一六六三年にオランダ人の船乗りが発見し、一世紀後にフランス人が上陸しようとした。マリオン島はそのときの艦長の名にちなむ。その後、イギリス人の船乗りジェイムズ・クック船長が、もうひとつの島をプリンス・エドワード島と命名し、二島はジョージ三世の第四王子の名で呼ばれるようになった。十七世紀初頭までアザラシ狩りを行なっていた漁師が、おもに立ち寄っていた。一九四七年から四八年にかけて、南アフリカが併合し、二〇〇三年に自然保護区に指定された。

全員がそれらの情報を咀嚼《そしゃく》しているあいだに、ブリーンは通路を挟んでウィリアムズの向かいの座席に移った。

「一九八〇年代の南アフリカとＡＩＤＳ《エイズ》の騒動を憶えていますか?」ブリーンはきいた。

「憶えている」ウィリアムズは笑みを浮かべた。「きみはまだ生まれていなかっただろう」

ブリーンが、口もとをゆがめた。「ええ。でも、いろいろな法的主張を学びました——誹謗《ひぼう》や中傷も含めて——非白人を絶滅させるためにウイルスを創り出したと、政府高官や科学者が告発されました」

「ちょっとからかっただけだ」

「わかっています——その問題が大反響を引き起こして、事態が動きはじめたのは、軍幹部多数に関わることだったからでした。今後も軍の将校や弁護士が、おなじ問題に直面するだろうと考えられたんです。ただ、わたしがいいたいのは、そういうことではありません。それらの法的主張によって、南アフリカはＨＩＶの発生源を突き止めるための緊急プログラムを発足させました。海軍の健康管理部の妥当な研究者たちが下した結論は、ヒト免疫不全ウイルス《HIV》はチンパンジーが感染したサル免疫不全ウイ《SI》

ルスが突然変異したもので、発生源はカメルーンだというものでした。食料としてサルを扱っていたハンターか売買業者を介して、人間に感染したとされています。こういう発見には、前例があります。エボラ熱とマールブルグ病も、サルから発生して、人間に感染しました。その後の遺伝子研究で、ＨＩＶへの最初の突然変異は、アフリカで植民地主義者が大都市を建設しはじめた一九一〇年ころだと考えられています。ウイルスが潜伏して変異するのに豊かな環境が整ったからです。

要するに、軍に対する告発は取り下げられました」ブリーンはいった。「でも、わたしは考えていたんです。当時の海軍の生物研究プログラムがどうなったのか、あなたの情報源が教えてくれるんじゃないかと」

「問い合わせてもいいが、南アフリカがそういう研究を行なうような理由があるのか？」ウィリアムズはきいた。

「わたしは疑り深いので、そういう研究がすでに行なわれていたのではないかと思っているんです――どうせ非難されているのだから、それを進めてなにが悪いのだという考えかたもありますよ。南アフリカには、アパルトヘイトを終わらせたくなかった人間がおおぜいいたはずです」

「それに、どうして海軍なんだ？」ウィリアムズはきいた。

「ずっと白人から成っているという歴史があります」ブリーンは答えた。「かたや南アフリカの地上軍創設が考慮されたときには、英雄的行為と戦術の旗手はまだズールー族でした」

「わかった。調べてみよう。そのときには、これが事実であるかもしれない根拠はあるのかと質問されるだろう。それが事実なら、重大な意味が――」

「創られたものだったにせよ、自然のものだったにせよ、何者かがそれを解放したわけですからね」ブリーンがいった。「たしかに、大げさで飛躍しています。でも、無法状態や白人の土地を奪取することに対抗するという理由で、強大なアフリカーナ抵抗運動の活動が激しくなっていますから、最初からそういうことを除外するのにはためらいがあります」

「納得した」ウィリアムズはいった。「それに、南アフリカ自体がそれを調べているかどうかにも興味がある。危機をはらんだ捜査になるはずだ。本土での交通や商業の拠点をテロ攻撃されるおそれもある」

「危機に見舞われるおそれがあるのは、南アフリカだけではありません」といいながら、ブリーンは自分の席に戻った。

ウィリアムズは、総合的な状況をオプ・センターで考慮するのに慣れ切っていたため、細かい部分には目が向いていなかった。ブラック・ワスプは、現場でアメリカの権益がなんであるかを捜す。サーレヒー追討とは異なり、この任務は現在、明確ではなく、目標もない。

二十四時間後には、クワスール・ナタール州の山地で、大量虐殺をもくろむ生物学者を追っているかもしれないと思った。

ウィリアムズは、秘話衛星通信を使って、DLAのコンピューターに情報要求を送っていた。ベリーに着信通知が届き、それにアクセスできるはずだった。三十分後に、ベリーから電話があった。

「十分前に南アフリカ保険相のバーバラ・ニーキルクが、政府の正式メールではなく私用のメールで、オーストラリア保険相のブライアン・コックレルに、グレート・ヴィクトリア砂漠とグレート・オーストラリア湾からの飛行を禁止してほしいと要請した」

アメリカの情報機関が、政府のメールだけではなく私用のメールを監視しているのは、意外ではなかった。外国もアメリカ政府に対してやっていることだ。ウィリアムズは地図を見た。

「墜落現場から風が吹いているので、当然の用心だ。そこが危険地帯になる」

「そのとおり」ベリーがいった。「わたしたちが注意すべきなのは、ニーキルクがそのあとに書いていることだ。〝飛行停止は解除されるかもしれないので、そのときには知らせる〟」

「彼女はなにか重大なことを知っている」

「そのようだな」ベリーは答えた。「それがなんなのか、突き止めてくれ」

10

南アフリカ、プレトリア
十一月十一日、午後五時二十七分（南アフリカ標準時）

スマートフォンから十九世紀の讃美歌『神よ、アフリカに祝福を《コシシケリ・アフリカ》』（南アフリカ共和国の国歌になっている）が響き、南アフリカ国防軍情報部長のトビアス・クルメック将軍は、はっとして目を醒ました。クルメックはスマートフォンを取り、目を細めて時間と発信者をたしかめた。番号しか表示されていない。市内の番号だったが、見おぼえがなかった。

クルメックは、妻と一時間ほど激しくセックスをしていたベッドから出て、となりのバスルームへ行きながら、受信アイコンをタップした。

「なんだ？」もじゃもじゃの白い口髭《くちひげ》の下から、クルメックははっきりしない声でいった。

「将軍、レイバーンです」

眠気が残っていて、その名前を認識するまで一瞬の間があったが、たちまち完全に目が醒めた。

「待て」クルメックはいった。

医官のレイバーンが電話をかけてくるような用件は、そう多くはない。最後に話をしてから、一年以上たっていた。それも、第一次と第二次のエルアラメインの戦いに参加した退役軍人のためのカクテルパーティで、偶然会ったのだ。ちょっと言葉を交わしただけで、ふたりとも相手をほとんど見なかった。道徳的に許されない恋人同士のように、共有している秘密のことを恐れていた。

クルメックはバスルームのドアを閉めて、便器の蓋をおろし、ドアの裏のフックからバスローブを取った。急にひどく寒くなり、丸まっている背中にバスローブをかけた。

「なんだ?」腰をおろしながら、クルメックはきいた。

「封じ込めていたものが漏れたようです」

耳鳴りとバスルーム内の反響のせいで、クルメックは聞きちがえたのかと思った。もう一度いえと命じた。聞きちがいではなかった。

「なにが起きた?」クルメックは鋭く詰問した。冷静な言葉だったが、いうのに努力が必要だった。

クルメックはずっと眠っていたので、ジェット旅客機墜落のニュースを見ていなかった。レイバーンが、最新情報を伝えた。クルメックは、打ちひしがれ、無力感にかられて、じっと座っていた。頭脳はまだ事態を理解していなかったが、その恐ろしい事実——と、これから起きることへの恐怖——が、心の底に沈殿した。

「いまも活性なのか?」レイバーンの話が終わると、クルメックはきいた。「あの低温のなかで? それに、漏れたというのか? どうしてそんなことがありうるんだ?」

「海水による腐食、海中の地質変動、潮流で潜函《ケーソン》が岩壁にぶつかった可能性も——」

「厚さ八センチの鋼鉄で強化されたコンクリートだぞ!」

「将軍、当時申しあげたように、この微生物《バグ》が逃れ出るには幅四マイクロメートルの——」

「きみはそのときに——きみの言葉によれば、〝あれぐらい低温のなかではじゅうぶんに不活性になる〟といった!」

「将軍、わたしはそのことをずっと考えていたんです。考えるのをやめられないというのが事実です。わたしたちは特定のターゲットを捜す細菌を操作し、それが自力で進化するようにしました。わたしたちがこしらえた変異原性は、想像していた以上に多様な性質を備えていたのかもしれません。中止したとき、わたしたちは徹底的な出口戦略テストを行ないませんでした」

そのとおりだと、クルメックは認めざるをえなかった。できるだけ早く始末することが目的だった。軍と政治の状況は、とてつもなく変動が激しかったのだ。

「わかった。すこし考えさせてくれ」クルメックはいった。「空気中での生存については、どうなんだ?」

「最長で一時間ですが、それも変化しているかもしれません。バクテリアは数えきれないくらい世代交替していますから」

クルメックが思案しているあいだ、レイバーンは過去に目を向けながら、優柔不断なその沈黙に耳を澄ましていた。自分たちがやったことを恥じてはいなかった。だが、心の底では、熱心にそれを研究したことを悔いていた。その後、切羽詰まってやったことが、いまの事態をもたらしたのだ……。

十数年以上前の南アフリカ共和国は、大混乱のさなかにあった。合法的な移民と違法な移民が、インフラを圧迫した。ＡＩＤＳのパンデミックと、アパルトヘイト終《しゅう》焉《えん》後の長年の遺恨や、対立する陣営同士のくだらない政治的報復によって、すでに政治体制にはガタがきていた。暴動で数百人が死に、数十万人が強制移住させられた。

感染症の専門家のレイバーンは、そういった問題のひとつに画期的な解決策をもたらすことができると考えた。

軍は好戦的で分裂している政府をそのまま小さくしたような存在だった。守旧派は再起を図り、勃興する新しい指導者たちは、それを圧し潰そうとする。どちらにも中道は存在しない。そのため、レイバーンは自分の着想を海軍の経路を通さずに進めた――それにより、探知されるのを避けることができた。

当時、レイバーンは、バーバラ・ニーキルク保険相に面談を申し入れて、すんなりと許可された。呼吸器科医のニーキルクは、西ケープ州にあるステレンボス大学の同窓生だった。ニーキルクは良心的な人物だとレイバーンにはわかっていたので、平和のためなら通常の手順を迂回《うかい》するはずだと思った。

「あなたに会えるのはうれしいけれど」ニーキルクがいった。「いくら黒人を手助けしているとはいえ、白人医師ふたりが会うと昔に戻ったと見られかねないことはわかっているわね」

レイバーンは、それが真実だということを疑っていなかった。だが、気にしなかった。そういう反動主義は致命的な愚行で、レイバーンには片時も耐えられなかった。

同窓生としてディナーをともにしながらレイバーンが話したことに、ニーキルクは驚いた。静かなレストランの静かな隅の席で、レイバーンはまずニーキルクの保全適格性認定資格をたしかめた。

「レベル2よ」驚いて、ニーキルクは答えた。

「わたしよりも高い」レイバーンはそういって、笑みを浮かべた。「わたしがなにを話しても、きみが知ってはならないことではないわけだ」

「わたしたちの国の医療体制のこと？」

「そのとおり」レイバーンは答えた。

ニーキルクが、冗談めかしてきいた。「わたしが白人だから？　それとも女だから？　あるいはその両方？」

「振り子が両極端に揺れている時代だというのを、忘れているんじゃないか」レイバーンは問いかけた。「わたしたちは、複雑な社会で暮らしている」

ニーキルクは驚くとともにすこしむっとしたが、興味をそそられた。「もっと話して」

六五〇〇キロメートル以上離れたところでの出来事によって、自分の計画が生じたことを、レイバーンは説明した。その一年前の二〇〇七年、アメリカとイラクは、アメリカ軍が二年以内にイラクから撤兵することを求める地位協定に調印した。南アフリカ共和国国内でめずらしく意見が一致し、プレトリアの行政府、ケープタウンの立法府、ブルームフォンテーンの司法府（首都機能を三つに分散させている）がすべて、イラクの武装勢力や反政府勢力がにわかに生物兵器の備蓄を手に入れる可能性があることを懸念した。

南アフリカ軍健康管理部隊が——当時の保険相ではなく国防軍参謀総長の指示で——兵器化されていると考えられていた疾病の治療法を見つけるために科学者集団を発足させた。炭疽《たんそ》病とエボラ熱も、そこに含まれていた。訓練とフィールドワークの経験が豊富だったレイバーンが、指揮官に任命された。

「そのプログラムに命名したとき、プレトリアにはブラックユーモアのセンスがあるか、うぬぼれているか、その両方のやつがいたらしい」レイバーンはニーキルクにいった。

生物・兵器・壊死・化学線作用《バイオ・ウエポンズ・アンド・ネクロティック・アクティニズム》プログラムという名称だった。頭語の〝ＢＷＡＮＡ〟は、スワヒリ語で〝主人〟を意味する。

バーバラ・ニーキルクは、ふたつのことに驚愕《きょうがく》した。ひとつは、そのプログラムをまったく知らなかったこと、もうひとつは軍が秘密を守り抜いたことだった。

「でも、こういったことをすべてわたしに話すのは、親愛の情や愛校心からではないでしょう」食事をしながら、ニーキルクはいった。

「そのとおり」レイバーンはいった。「べつの研究集団——と資金——が必要になるようなことを、たまたま発見したんだ」

「軍や上官には知られたくないことなのね？」ニーキルクはきいた。

「国内問題だし、爆発するおそれもある。軍が命じた……命令書では〝解明〟という言葉が使われている……疾病のリストには含まれていない。それに、付記には〝この問題はもっぱらプレトリアの公共サービス行政省の管轄である〟と記されていた」

「ＡＩＤＳのこと？」ニーキルクはきいた。

レイバーンはうなずいた。「治療法が見つかったかもしれない」

「ワクチンではなくて」ニーキルクが念を押した。

「ちがう。ウイルスそのものを抽出する物質を創りあげたのだと思う。常温抽出したカンピロバクター・ジェジュナイ（火をよく通していない鶏肉を食べると胃腸炎を起こす原因となる細菌）を操作して創った。それを〝訓練〟すれば、ウイルスをつかんで発熱した体から引き離すことができると、われわれは考えている」

ニーキルクは度肝を抜かれて、一瞬言葉を失った。同窓生の偉業に感心し、期待を抱くとともに、彼が指揮系統に違反していることに恐怖をおぼえた。

「終身刑になりかねない」すこし気を取り直してから、ニーキルクは指摘した。

「すくなくとも命はとりとめる」レイバーンは応じた。「それに、たましいも。これをやらなかったり、せめてやろうとしなかったりしたら──」

理解できると、ニーキルクはいった。提案について考えるまでもなかった。自由裁量で使える予算から資金を出すと告げた。二日後、レイバーンだけに直属する小チームが、BWANA内で発足した。

六カ月後に──それまでほとんど連絡はとらなかった──レイバーンとニーキルクは、ふたたびディナーをともにした。

「いい報せと悪い報せがある」後援者のニーキルクに向かって、レイバーンはいった。いい報せは、症例すべてで患者からAIDSウイルスを取り除くことができる細菌《バクテリア》を創りあげたことだった。

「じっさい、発見するのは簡単だった」レイバーンはニーキルクに告げた。「実質的に白血球の攻撃に弱いバクテリアを使い、ウイルスを罠《わな》にかけて捕らえた。バクテリアは熱にも敏感で、汗や小便を伝って逃げようとする。体から出るときに、それがウイルスを連れていく。わたしたちはそれを〝大脱出微生物《エクソダス・バグ》〟（エクソダスは旧約聖書に描かれているユダヤ人のエジプト脱出のこと）と呼んでいる」

「期待できそうね」

「まあそうだね。それに、〝おまえたちを打つ主〟（エゼキエル書7・9）、軍神を想起させる。あいにく、その名前を選んだ理由はそのことではないんだ」

「悪い報せね」

「最初のころ、エクソダス・バグが旅を終える前に白血球に殺されることに対処しなければならなかった。バグが死んだら、ＡＩＤＳウイルスが自由になり――プロセスがなんの役にも立たなくなる。わたしたちはバグを集合させた――実質的に、その微生物がすばやく繁殖して、ウイルスを取り囲めるようにした。白血球が大挙してやってくるが、バグは学んだ――もちろん、考えるわけではなく、生存そのもののために――約束の地への旅を終えるために、層をこしらえることを学んだ」

　ニーキルクは、レイバーンを見つめた。「悪い報せは、白血球の粘着性ね」ニーキルクはいった。「免疫を抑制するウイルスを体から排出することはできる……でも、それといっしょに体の唯一の防衛機能が外に出てしまう」

「それは悪い報せの、ほんの一部だ」レイバーンは認めた。「白血球は獲物にしがみついたまま、体から出る。どんな感染症でも、患者が死ぬおそれがある。ＡＩＤＳ問題をふたたび創りあげただけだ」

「そういい切れないでしょう?」ニーキルクはいった。「白血球が体内でふたたび増えて、患者は生き延びる」

「そのとおり」

「わかった。悪い報せのあとの部分は、それに但し書きがつくことね。患者は無菌環境で何週間も……あるいは何カ月も、生きていかなければならない」ニーキルクは苦笑いを浮かべた。「人間ひとりの命に計り知れない価値があるとはいえ、ひとり当たりの経費は膨大な額になる」

「残念だ」レイバーンはいった。

ニーキルクは、レイバーンがすでに知っていることを告げた。「解決策はものすごくすばらしいけれど、実行は不可能ね。政府はすでに年間予算の一五パーセントを医療に支出している。このプログラムでそれが三倍に増える」エクソダス・バグを白血球から隠す方法を見つけるために、人員を縮小してプロジェクトを継続したいと、レイバーンは頼んだ。

だが、資金は枯渇していた。残念ながら却下された。

「それに、グレイ」ニーキルクはいった。「あなたには良心があるでしょう。これを国外に持ち出したら、縛り首になるわよ。いずれ解決策が見つかるかもしれない」

「いいことを教えよう」レイバーンはいった。「この微生物《バグ》は、宿主がいないとすぐに空気中を移動できなくなって死ぬ。せいぜい六十分しか生きられない。患者になんの害もあたえない」

「空気中のたいがいのものとおなじように」ニーキルクが残念そうにいった。

そういう状況のときに、トビアス・クルメック将軍が登場した。

ＢＷＡＮＡが創設されてから、情報部長のクルメックが部下を使ってレイバーンを尾行し、盗聴していたことに、レイバーンは驚いたが、衝撃を受けはしなかった。いくつもの派閥に分裂した政府では、戦争か反戦に利用できる材料を手に入れられる人間は、だれであろうと信用されない。

クルメックはレイバーンを呼びつけて、研究を継続する資金をあたえた。レイバーンは当然、理由をたずねた。ＡＩＤＳの治療法が見つからなかった場合、現政権だけではなく南アフリカの統治体制そのものがすべて崩壊しかねないからだと、クルメックは答えた。

「国民を脅して禁煙させたり、麻薬使用を禁じたりすることはできるが、セックスをやめさせることはできない」クルメックはいった。「南アフリカ共産党には、感染症を起こしやすい指導者たちが、ＡＩＤＳに感染している若い男女と〝偶然〟に出遭って病魔にやられるよう画策したがっている一派がいる。そんなことが起きてはならない」

レイバーンは、南アフリカ共産党にクルメックが手先を浸透させていることに感心したので、それを口にした。

「いまにはじまったことではない」クルメックはいった。「わたしも狙われた」

エクソダス・バグの研究は、一年間つづけられた。そのプロジェクトの研究者は、レイバーンただひとりだった。結果は前よりもひどかった。

「バクテリアを強化すると、体から排出されても生き延びる」最後には、疲れ切ってレイバーンはそういった。「吸い込まれるとただちに白血球を引き寄せ、鬱血《うっけつ》によって人工の壁を崩壊させる」

「恐るべき兵器になる」クルメックは意見をいった。

レイバーンは、その言葉を聞いて愕然《がくぜん》とした――そして、なんとも悲しげな怯《おび》えた表情になった。クルメックのオフィスで座っていたそのときはまだ、それが研究をつづけさせたほんとうの動機だったとは知らなかった。バグではなく、エクソダス疫病として敵を攻撃できる可能性があることに、気づいていなかった。

「将軍」レイバーンは、極端なほど用心深い口調でいった。「これはわたしたちには考えられないようなレベルの殺傷力を備えています。瞬時に人を殺し、制御できません。大気中では一時間しか生き延びられませんが、大都市でひろまったらどうなりますか。都市の中心部で膨大な数の人間が死に、数時間以内に百万人とはいわないまでも、数十万人が罹病《りびょう》するでしょう」

「よくわかっている。きみはやるだけのことをやった。これ以上の研究は――」

「役に立たないというのですか？〝役に立つ〟というのが、数日間に数百万人を殺すことなら、それを目指しているわけです。わたしたちはすべてを消滅させなければなりません。わたしは研究の資料すべてを破棄します」

「そうか。バクテリアそのものをどうやって安全に処理するつもりだ？低温を好むと、きみは説明した――では、燃やすのか？焼き殺すのか？」

「理論上は、それでうまくいくはずですが――細菌がひとつでも生き延びたら、宿主を見つけて増殖するでしょう。なにしろきわめて小さいので、確実に全滅させたかどうか、確認できません。それよりも、バクテリアがずっといたいような環境に封じ込めるほうがいいでしょう。冷凍庫のような」

「だめだ」クルメックがいった。「反乱分子の将校か工作員がたまたま見つけるような場所には保存できない。これは放射性廃棄物なみに取り扱う必要がある。廃棄し、埋める。低温の場所に」

そのため、レイバーンは亜南極にひそかに埋める計画を立てた。バクテリアは容器に収められた。プログラムは死滅した。

だが、微生物《バグ》は死滅しなかったようだった。

レイバーンは、過去をふりかえるのをやめた。これまでの歳月、忘れることができていた。それに、プリンス・エドワード島への任務に同行したチームは、なにを取り扱っているのかを知らなかった。

旅客機の墜落がほんとうにあの微生物《バグ》のせいだとしたら、残念なことだとレイバーンは思った。だが、いまは責任を負わせたり、バクテリアが生きていた原因を突き止めたりしている場合ではない。

「源を隔離するか、せめて破壊しなければならない」沈黙を破ったクルメックが、わかり切ったことをいった。

「ナパームがいいと思います」レイバーンはいった。

クルメックが笑い飛ばした。「いやはや、それで解決できるわけがないだろう。だいいち、文民の調査チームが、マリオン島に向かっている。プリンス・エドワード島で大火災が起きたら、目に留まらないわけがない」

「将軍、これはわたしたちが前に話し合った、エクソダス疫病ですよ！　考えている場合では」

「われわれの軍歴のことか。刑務所行きかね？　こう考えたらどうだ、博士。問題を解決できる人間は、きみしかいない。逮捕されたら、研究室へ行って間に合うように対策を考えることもできなくなる」

　クルメックのいうとおりだった。それに、そこのバクテリアを燃やし尽くしても、問題は解決しない。高度三万五〇〇〇フィートにサンプルがまだ残っている。低温で空気が薄いので、長時間、生存できる可能性がある。

「わかりました」レイバーンはいった。「意見はよくわかりました」

「よろしい。残骸のほうはどうだ？　バクテリアが生き延びている可能性は？」

「まずありえないでしょう」

「死体のなかでも？」

「炎で焼かれなくても、熱が摂氏八〇〇〇度を超えていたでしょうから、死滅したはずです」

「それなら、外部の医療関係者が死体を検視する前に、まだ時間がある」クルメックはいった。「現場の目が必要だ。プリンス・エドワード島に着陸しているヘリコプターがあるといったな？　その燃料でバグを焼却できないか？」

「できますが、埋めた場所の割れ目がごく小さかった場合には、出口をひろげてしまうことになります」

「なんということだ、レイバーン。まいったな。そのあたりを素人にいじらせるわけにはいかない。きみが行くしかない」

レイバーンも、嫌々ながらそういうことになるだろうと、ずっと思っていた。「そうですね」

「どこにいる？」クルメックがきいた。

「サルダンハ湾のオフィスです」

「訓練施設だな？」

「そうです」

「持っていけ――なにが必要か、わたしにはわからないが、集められるだけの装備を」

「穴が露出していたら、爆薬が必要です」

「焼夷手榴弾《しょういしゅりゅうだん》か?」

「いまのところは、穴を閉ざすのに、それがいちばん便利でしょう」

「了解。現地へ行くヘリコプターを派遣しよう。ＭＡＰ14特殊チームと名付ける——前回とおなじだ。そのあと、警戒態勢解除が出されるまで、わたしには連絡しないようにしろ。わかったか?」

「それは命令ですか、将軍?」

「徹底的な命令だ」クルメックは答えた。「わたしが環境管理局の承認を得る。幸運を祈る」とつけくわえて、電話を切った。

　クルメックがあまり強引ではない態度で手を切ったことに、レイバーンは驚かず、落胆もしなかった。民間機の墜落なので、南アフリカ環境管理局が干渉することはない。それに、仮に軍事援助プログラム《ＭＡＰ》14がこれを文民支援計画に指定していたとしても——対象の島が異なっているとはいえ——レイバーンがプリンス・エドワード島へ行くのが当然の対策だった。

　レイバーンはロッカーへ行って、有害物質防止マスクを六つ出した。ふたつはプリンス・エドワード島に着陸しているヘリの海軍将校用、ふたつは自分が乗っていくヘリの搭乗員用、ひとつは自分用、そして残りのひとつは予備。最初にエクソダス・バグを開発したときに使った装備の一部だった。使用期限は一カ月しか残っていない。つまり、強化されたゴムは、六週間か七週間後には縮んで信頼できなくなる。

バクテリアが微小なので、そのマスクだけでは最適とはいえなかった。しかし、いまは入手できるのはそれで精いっぱいだった。マスクをアルミの運搬用ケースに入れ、となりのロッカーから出した寒冷地用装備を身につけた。疲れ切っていたグレイ・レイバーンは、バックパック二個に医療品を入れて、顕微鏡のケースを持った。両腕にそれらをぎこちなく抱え、科学施設から遠くない小さなヘリパッドに向けて、廊下を進んでいった。

出発しようとしたときに、電話の呼び出し音が鳴った。

「くそ」レイバーンは電話に出ないで、急いで表に出た。

11

南アフリカ、イースト・ロンドン
十一月十一日、午後七時二分（南アフリカ標準時）

ナフーン・ビーチは、幅が一・五キロメートルほどの砂浜で、壮観な大波が薄れつつある夕陽を浴びていた。

背中から心の底まで冷え、疲れていたカティンカは、見慣れた南の絶壁の黒いシルエットが、黄昏《たそがれ》の空を背景にそそり立っているのを見やった。

季節はずれだしこんな時刻なので、ビーチに人影はなかった。カティンカが、戦いに倦《う》んだ女神ワルキューレのように、オートジャイロで降下したとき、突然の風で左旋回を余儀《よぎ》なくされた。ふんわりと着陸するのはとうてい無理だった。とにかく地面におろさなければならない。着地したとき、背骨に響くような衝撃があった。

疲れ果てていたが、カティンカはぐずぐずしていなかった。警察がいずれオートジャイロを発見して、不審に思い、鉱物探査収集調査会社《MEASE》に連絡するはずだ――だが、その前にフォスターに連絡できる。ここには観光客と観光用ヘリコプターが頻繁に来るので、ビーチに着陸したオートジャイロのことをわざわざ通報するものはいないだろう。

風は強かったが、南にいたときほど肌を刺すようではなかった。カティンカはビーチ・ロードからすこし歩いたところにある、静かで地味な郊外のプリマス・ドライヴに住んでいた。住宅が密集し、太陽と風から椰子《やし》の木ともっと頑丈なオークに守られているその平坦な場所に、カティンカは小さなコテージを所有していた。

カティンカは、ここから遠くない藁《わら》ぶき屋根の日干し煉瓦の家で、いまも自動車整備として働いているシングルファザーに育てられた。長時間、一所懸命働き、それと博打《ばくち》の腕前で――警察にみかじめ料を払わなければならず、稼ぎを失うこともあったとはいえ――父親がカティンカの学費をまかなった。その愛とやさしさに報いたいと、カティンカは思っていた。いまの住み心地のいい隠れ家は気に入っていたが、一生そこで暮らしたいとは思っていなかった。ケープタウンやウェスタン・ケープには大邸宅がある。フォスターは、フランシュホークのヴァル・ドゥ・ラックに屋敷がある。

もっとも広壮な大邸宅ではないが、かなり住み心地がいい。そこに住みたいと、カティンカは思っていた。フォスターがもっと広い屋敷に越すときには、そこに住めるほどの稼ぎがあるかもしれない。

望みは高いほうがいいと、カティンカは思った。

だが、カティンカの夢には上限があった。ときどき、夢想することがあった——岩を叩き割ったり熔かしたりするときに、気が散らないように——明るく、熱心で、知力の高い女性だと、ある日、フォスターが気づいて、ボスと部下を超えた仲になることを夢見ていた。だが、フォスターは、ときどき付き合っているモデル数人以外は、カティンカやほかの女性には、興味を示さなかった。カティンカは、モデルたちのことを知りたくなかった。彼女たちは敵だ。

家族はみんなカティンカの好みを知っていたが、そのコテージは好みうんぬんよりも場所が重要だった。そこから河口近くのあまり波が高くないところまで歩いていけば、〈テリ・ホイール〉の交通艇が迎えにくる。小型バイクで、ＭＥＡＳＥのオフィスにも行ける。そこから車で現場に運ばれるか、あるいはヘリパッドまで送ってもらえる。

ここに住んでいるのには、ほかにも理由があった。カティンカは闇にまぎれて活動するすべを心得ていた。カティンカがやっている仕事には、それが不可欠だった。フォスターはそれ以外にも、電話や携帯やパソコンからのメールで、できるだけ短く伝えるというような、隠密活動の技倆を要求した。

そのコテージは、リビング、キッチン、寝室、ユニットバスから成っていた。狭い敷地の裏手に倉庫があり、そこにバイクと園芸用品をしまってある。シャワーを浴びるために、カティンカは倉庫にある温水器をつけてタンクの水を温めた。タンクの湯で、まずまずの水量のシャワーを五分ほど浴びることができる。カティンカは早く体を温めたかった。

バッテリーが切れそうになっている携帯電話の充電コードをコンセントに差してから、カティンカは服を脱ぎ、血がついていないかどうか調べた。血はついていなかった。船を離れるときに、カティンカはかなり用心していた。乗組員はほとんど前科があって、DNAがファイルに記録されている。カティンカはMEASEの社員だった。捜査員が事情聴取に来ても、〈テリ・ホイール〉との結び付きを示す証拠はなにもない。衣服を調べ終えると、カティンカはシャワーの細かい飛沫《しぶき》を浴びながら計画を練った。コアサンプルを採掘したことは、フォスターにすでに伝えた。だから、コアサンプルの数について嘘をつくか、あるいはほんとうのことを打ち明ける——一本は自分が持っているのを打ち明ける——か、ふたつにひとつだった。

嘘をつくことにした。フォスターにばれたら、まずいことになるだろう。正直というのは、忠誠とおなじで、ごまかしはあってはならない。

カティンカが携帯電話をつかんで、木のフェンスがある裏庭に出たとき、太陽が水平線にかかろうとしていた。カティンカは暖かいウールのジャケットを着て、毛皮の内張りのブーツを履いていた。コアサンプル二本をバックパックに入れ、三本目を持った。

カティンカは、広い倉庫へ行った。いつかモーターボートを買ってそこに格納することを期待して、自分で建てたのだ。いまのところ、そういう余暇がない。カティンカはそれを〝猛進〟のせいにしていた。それは病弊だとわかっていたが、どうにもできなかった。貧困から脱け出す方法を見つけた人間は、だれでもそれの虜《とりこ》になる。猛進をやめたら、貧困に滑り落ちるのではないかと恐れるからだ。そして、脱け出したとき、その病弊は悪化する。〝あした〟ボートを手に入れようと、カティンカは何度も自分に約束した。だが、あしたはつねにきのうと変わらなかった。

〝猛進〟。

このがらんとした広いスペースを見るたびに、〝猛進〟は働くことよりも悪い習慣だと、カティンカは自分にいい聞かせる。なにはともあれ、この倉庫はこれほど一所懸命働く理由のひとつだった。

カティンカは、天井の裸電球の紐《ひも》を引いた。SYMブレイズ200バイクには、後部に岩石サンプルを入れるケースを取り付けた荷台がある。カティンカは、クッション代わりのバックパックごとコアサンプル二本をそこに入れた。まわりを見て、三本目を隠す場所を探した。

小さな薔薇《ばら》園に使う腐葉土の袋があった。

「汝《なんじ》は土から生じ、土に還る」カティンカはつぶやき、ポリ袋の口を縛ってある紐をほどいて、コアサンプルを腐葉土のなかにそっとねじ込んだ。

倉庫の裏口からバイクを押して、携帯電話の信号がもっとよく受信できるところへ出ていった。フォスターは無線機のそばを離れないはずだと、カティンカは確信していた——〈テリ・ホイール〉のだれかからの連絡を待っているだけではなく、港長や海難救助隊《NSRI》の交信も傍受しているにちがいない。NSRIはボランティア九百八十人を擁し、海岸沿いに合計三十二カ所の基地がある。〈テリ・ホイール〉の火災が目撃されたら、救助のための船が派遣されるはずだった。

「カティンカ!」携帯電話から大きな声が聞こえた。「おまえ——カティンカなのか?」

「わたしよ。いま家にいて、そっちへ行く」

「遭難信号を受信し——」

「知ってる。船はなくなった。だれかにきかれたら、わたしはオートジャイロで帰ってきてたといって。あとですべて説明するわ、チーフ。すぐに行く」

「しかし、遭難信号は——連絡してきた原因は?」

「制御してる」カティンカはバイクにまたがり、エンジンを始動した。「すぐに行く」電話を切った。二分後、ベージュ色のヘルメットをかぶり、サングラスをかけたカティンカ・ケトルは、朝と夜の訪れを告げる犬たちにつぎつぎと吠《ほ》えられながら、海岸沿いの道路とイースト・ロンドンの街を目指していた。


MEASEは、オールド・トランスカイ・ロードの小ぶりで現代的な飾り気のない二階建てのオフィスビルの最上階を占めていた。一階は車のディーラーと旅行代理店で、いずれもクロード・フォスターが所有していた。その二社を使い、MEASEの事業に応じて、人間、機械、金をどこへでも移動できる。

ビルの裏に、金網のフェンスで囲んだ狭い駐車場がある。フェンスの向かいにはバイクや航空機のエンジンなど、あらゆるものを扱う修理工場がある。フォスターはそれも所有している。

四十八歳のフォスターは、大卒の会計士で、サッカー愛好家でもあり、商売がうまく自信に満ちているので、熱意にあふれた従業員を惹きつける。人種差別が違法でも、昔の偏見が残っている南アフリカで、白人と父と黒人の母のあいだに生まれたフォスターは、自分が所有する事業すべてで多様な人種から成るチームに対して非常に金払いがよかった。フォスター自身には政治や社会について特定の世界観はない。兄のアーロンは、一九八〇年代に白人にはめずらしい労働組合活動家だった。アーロンは脊椎《せきつい》を撃たれ、対麻痺《ついまひ》で二年後に死んだ。フォスターは、ときどき売春婦を連れ込むだけで、ヴァル・ドゥ・ラックのそんなに派手ではない屋敷に独りで住んでいた。男女の関係を信用していなかった。だれかを信頼すれば、それが弱みになる。そんなことは望ましくない。

フォスターにとっては、成功だけが重要な動機だった。南アフリカでは、人種差別による不公平な体制のあと、社会的に不安定な体制が敷かれた。変わらないものは採鉱業と富だけだった。フォスターは成功を遂げるために、強大な企業が起業家を容赦なく踏み潰す現在の社会体制に、日々反抗していた。

ＭＥＡＳＥのオフィスは、仕切りがなくワークステーションだけが並ぶ、広々としたスペースだった。フォスターのオフィスだけは、ガラス張りの小部屋になっていた。社員を信用していないからではなかった。そもそも信用できるはずがない。コンピューターと固定電話すべてに、監視カメラが向けられていた。スマートフォンでの通話は禁じられていた。あらゆる物事が、オフィス内で記録され、録画され、保存されていた。

ガラスは防弾だった。フォスターは傭兵《ようへい》を使っていた。傭兵はその性質からして、貪欲《どんよく》で信頼できない。もっとも古くからいる社員のダヴィド・オーカンプですら、表裏がただならない。南アフリカには、ほかにも違法な採鉱業者がいる。オーカンプは、北ケープ州ではめったに採鉱地を見つけない。おそらくよその業者に情報を売っているのだろう。

フォスターはいま、逃しているかもしれないビジネスチャンスについて考えてはいなかった。全員が退勤したが、フォスターは〈テリ・ホイール〉の事故の前からオフィスに残っていた。デスクでうたたねをして、通りの向かいのカフェに食べ物を注文した。癖になっている強いコーヒーを、自分でいれた。

カティンカからの電話は、まるでカフェインのように効いた。

緊張した声で説明するのを聞いて、まずほっとした。組織は安全だ。〝船はなくなった〟。

カティンカが切羽詰まった声で電話してきたあと、フォスターはなんの自責も感じなかった。不可抗力の災害だとすると、防ぐ手立てはなく、予想もできなかった。船が故意に破壊されたのだとすると、カティンカが――彼女は抜け目なく、機転がきく――やらなければならないことをやったのだろう。

じきにわかる。インターネットには〈テリ・ホイール〉に関する情報はなにもなかった。ニュースはすべて南アフリカ航空の旅客機の墜落だけを報じている。

今回の遠征では、フォスターは秘密保全を最優先していた。船や乗組員が消滅したことなど、意に介していなかった。船については保険金がはいるし、乗組員は――危険な仕事だというのは承知していたはずだ。彼らの死を社会は惜しまない。フォスター自身も惜しまない。人間はまた雇える。ああいう連中はゴキブリのようにどこにでもいて、絶滅することはない。

フォスターが心配していたのは、これから行なわれるはずの捜査のことだった。フォスターが仕組んでいる偽装では、ＭＥＡＳＥは、水晶、隕石、三葉虫の化石など、収集の対象になるものだけを輸出していることになっていた――綿密な吟味には耐えられない。すべての人間を買収することはできない。後腐れがないように始末することもできない。

フォスターがこのビルを買った理由のひとつは、オフィスからエレベーターの動きや階段の足音が聞こえることだった。それにくわえて、フォスターが〝早期警戒システム〟と呼ぶ監視カメラが設置されたが、いまだにオフィスの外のあらゆる物音に聞き耳をたてていた。

カティンカがキーパッドで開錠してビルにはいり、いつになく重い足どりで階段を昇ってきた。バックパックがなにかの重みで垂れていた。いつもの持ち物以外の荷物にちがいない。それに、疲れ果てているようだった。〈テリ・ホイール〉から岸までの飛行は四、五時間だろうが、風と寒さと波飛沫に苦労したにちがいない。

だが、カティンカ・ケトルはしぶとく、野心的だった。そうでなかったら、フォスターのもとで働くことはできなかっただろう。

電子音とともにオフィスのメインドアがあいた。フォスターは、デスクの奥で立ちあがった。宝石学者のカティンカのうしろでドアがカチリという音とともに閉まるまで、フォスターは待った。

カティンカの表情を見て、フォスターは愕然とした。茶色い目を大きく見ひらき、勝ち誇ったように口を引き結んで、もともと猫科の動物のような顔立ちがいっそう強調されていた。フォスターは即座にあることに気づいた。カティンカはいつも猫のようにしなやかに肩をすくめて、バックパックをおろすのだが、そうはせず、かなり注意しながら自分のデスクに置いた。

フォスターの灰色の目が光を浴びて、眼窩《がんか》の奥でギラリと光った。面長《おもなが》の顔には、白髪まじりの無精髭がのびていた。フォスターは、年下のカティンカとその謎《なぞ》めいた表情を、入念に観察した。

フォスターは、バックパックの輪郭に目を留めた。「コアサンプルが二本」

「そうよ」

「あの島でなにを見つけた？」

「なにを解き放ったのか、というほうが適切な質問ね」

「クロッグが、病気だというようなことをいってた」

「臨終の儀式を受けた人間みたいに、彼はようやく真実を口にしたのね」

それもいままでになかったことだった――信心深いカティンカが、死と災難を軽んじている。カティンカは、いつも慎重な科学者で、あまり意見を口にしない。

「細氷《ダイヤモンド・ダスト》を見つけたけど、その下にあるなにかが、すぐに死を招くもので、空気感染する。このコアサンプルに封じ込めてあるから、いまは安全よ。ウラニウム235のようなものだったら、わたしはここに来る前に死んでいたはずだから、微生物じゃないかと思う。船で私がだれよりも近づいたのに、わたしだけが生きてる」

「ダストがあったから、濾過《ろか》装置を使ったんだな」

「そのとおりよ。考えてもみて、フォスターさん。乗組員全員が感染して十五分以下で死んだ。証拠を海に沈めるために、わたしは船を爆破した——残ってた粒子は海中で腐敗するか死滅するでしょう」

中背で痩せているフォスターが、それについて考えた。

「おまえはサンプルを処分しないことにした」フォスターはいった。

「ええ」カティンカは、バックパックを指差した。「これがなんであるにせよ、わたしたちを金持ちにしてくれる」

フォスターは、カティンカの顔をじっと見た。カティンカは教会に行くし、祈りを信じている——それでも、飢えた肉食獣のような一面がある。いくら信仰の話をしていても、目には猫科の猛獣のようななにかが宿っている。

現実の洗礼というやつだと、フォスターは思った。もとから貪欲だったのが、突然、富をものにできるようになって表面化したのだ。

これはなにか大きなことへの飛躍になる。よく考えなければならない。フォスターはオフィスへ行って、自分とカティンカのコーヒーを持って戻ってきた。

「民間の旅客機が墜落したのは知ってるだろう？」

「ええ。どこだったの？」

「マリオン島」

「衝撃音は聞いた——あとでなんだったのか知った」カティンカはいった。怪訝な顔で、フォスターを見た。「わたしは疲れてるの、フォスターさん。採掘チームがやったといいたいの？」

「噂がある。バイオテロだったという強力な噂だ。〈テリ・ホイール〉についてなにかニュースがないかと思って、ずっと海洋無線を聞いてた。ニューヨークの捜査員たちの報告のことが、あちこちで話題になってる。ある程度、信憑性《しんぴょうせい》があるにちがいない。航空救難隊がそういう装備を用意してる。有害物質《HAZMAT》防護スーツのたぐいだ」

カティンカが、バックパックのほうをふりかえって、目をさらに大きく見ひらいた。

「生物剤」

「そんな殺傷力の強いものが、どうしてそんなところにあったんだ？」フォスターが疑問を投げた。「おまえたちのチームは、手動掘削ドリルを使っていた——そんなに深く掘ったはずはない——掘れない」

「フルオロスルホン酸よ」カティンカは頭に浮かんだことを口にした。「氷、地面、岩を貫通するのに、二クォート使わないといけなかった。もっと深く掘ったのかもしれない。太古のエアポケットか凍った沼に達したのかもしれない」

「でも、きみは生きてる」

「酸を使ったから、防毒マスクをつけてたのよ。マスクが一個しかなかったので、みんなは風を避けて交通艇に戻ってた」

フォスターは、恐怖と畏敬《いけい》の入り混じった思いでバックパックをじっと見た。「クロッグがいったことを憶えてる。みんな血や組織を吐いて——」

「わたしもそれを見た。でも、不思議なのよ。微生物だとしたら、わたしが船に行くときに、服に付着してたかもしれない」

フォスターがはっとしたことに、カティンカは気づいた。

「心配しないで、服は脱いだから。ぜんぶ家にある」カティンカはいった。「肝心なのはそのことじゃないの。なにかが繊維にはいり込んだとしても、不活性になるか死んだ。これは空中を移動するかもしれないけど、そういう生息場所では寿命が短い」

フォスターは、カティンカがさきほどいったことを思い返した。フォスターは裕福だったが、きわめて小規模な業界における大物にすぎない。宝石の企業連合は、法律と力で、大規模な鉱床からフォスターなどの業者を締め出している。だれも予想していなかったのにひょろりと痩せた少年が、突然、独立サッカー連盟のトッププレイヤーになったように、フォスターはこの発見によって飛躍を遂げるかもしれない。

不意打ちと恐怖によって、とフォスターは思った。自分が上昇するだけではなく、ダイヤモンド業界のくそ野郎どもと官僚機構を押し潰すことが肝心だ。アパルトヘイトのもとでは、ひとびとは肌の色のせいで抑えつけられていた。アパルトヘイト後は、袖の下を使えないせいで抑えつけられていた。形が変わっても、腐敗した体制であることにかわりはない。

カティンカが、疲れた体でデスクの端に腰かけた。身をこわばらせて窓の外を見た。「大事なことに気づいた。わたしたちはかなり迅速に動かないといけない」

「なぜだ？」

「採掘した場所――まだそのままになってる。調査隊が見つける。たぶんマリオン島の前哨基地の人間が。そのせいでだれかが死ぬかもしれない。わたしたちが独占することができなくなる」

フォスターは笑みを浮かべた。「兵器化用にサンプルを売るつもりだな」

「そうよ。あそこは国際水域だし、最新鋭の艦船がいる。だれかがクロッグの通信を聞いたはずよ」

「クロッグはパニックを起こしていたのに、情報をうまくぼかしていた——だが、きみのいうとおりだ。傍受された可能性がある。すばやく動く必要がある。しかし、売らなくてもいい。脅迫という手もある」

カティンカが上半身をまっすぐにして、フォスターのほうを見た。

「だれがあなたのいうことを信じるというの?」

フォスターが答えた。「そいつらに見せてやるのさ」

フォスターは断りをいって、警察に電話し、オートジャイロが機械的故障を起こし、ナフーン・ビーチに着陸しなければならなかったことを伝えた。

満潮になると機体が流されるおそれがあることを除けば、警察はあまり心配していないようだった。

オートジャイロは陸地の高いところにあると、カティンカがフォスターに説明した。

フォスターは心配していなかった。

12

南アフリカ、南インド洋
十一月十一日、午後十一時五十分（南アフリカ標準時）

アトラス・オリックス・ヘリコプターに長時間乗っていると、さまざまな出来事を経験し、いずれもけっして快適ではなかった。

まず、騒音がひどい。ヘッドホンで和らげることはできるが、音を消すことはできない。ローターの抑揚のない連打音なら、レイバーン中佐にはホワイトノイズのように思えたかもしれない。しかし、そうではなかった。風の甲高いうなりに一定の規則はなく、高くなったり低くなったりしていた。ささやきのように小さくなることもあれば、甲高い悲鳴になることもあった。

それに、寒かった。コクピットの暖房の送風は、クッションがろくにない貨物と兵員用のスペースを暖めるのに役立っていなかった。亜南極に近づいていることを、風が否応なしに思い知らせた。

おまけに、揺れがひどかった。気流の変化が激しく、強い西風のなかを通過したかと思うと、こんどは強い東風のなかを飛んでいた。ハーネスで座席にしっかり固定されてはいたが、そのせいで機体の上下の動きに体が揺さぶられた。

だが、最悪なのは乗り心地ではなかった。飛び立ってから一時間後には、息苦しい古いゴムで密封されているプラスティック製のマスクのせいで、頬《ほお》が擦《す》り剝けた。風に揉《も》まれ、機体が跳ねるたびに、その不快感がひどくなった。だが、頬がひりひり傷《いた》み、顔の肉がマスクの形にくぼんでも、レイバーンはマスクをはずそうとはしなかった。

眠ろうともしなかった。不愉快な状態を味わっているのはさておいても、とうていありえないような厄介な出来事が起きて、人生が一変したことが、意識と精神をさいなんでいた。レイバーンは、ファン・トンダー中佐とも連絡をとらなかった。いったいどういう話をすればいいのか？

バーバラ・ニーキルク保険相に折り返し電話しようかと思った。留守番電話に残されている彼女のメッセージのことは、心配していなかった。〝電話して〟といい張っているだけだろう。問題に対処するために現地に向かっているといっても差支えがないようなら、電話したかった。しかし、ニーキルクはもっと詳しいことを知りたがるだろう──大気中でその微生物が生育するのか、どう扱えばいいのかといったことを。レイバーンにはそれがまだわかっていなかった。サンプルを手に入れて、突然変異を調べるまでは、なにもわからない。

プラスティックのバケットシートの横にある唯一の窓は、結露して曇り、汚れが染み付いていた。だが、プリンス・エドワード島が前方の海に見えてきたとき、空はかなり晴れていて、実情とはちがい、明るい感じだった。そこをあとにしてから八年が過ぎたとは、とうてい思えなかった。そのときもこれに似たようなヘリコプターに、クルメックに直属する選抜された特殊作戦情報チームとともに乗っていた。ここになにが埋められるのか、彼らは知らなかった。穴を掘り、棺桶《かんおけ》の大きさの潜函《ケーソン》をウインチでおろした。レイバーン自身が、独りでウインチを伝いおりて、筒状の容器をケーソンに収めた。そして、蓋がおろされ、穴が埋め戻された。

マリオン島の海軍前哨基地は、その作戦中に活動休止を命じられた。外部の目撃者はいなかった。

だが、いまは目撃者がいる。海に向けてヘリコプターが降下したとき、レイバーンは心のなかでつぶやいた。ここで自分がなにをやるにせよ、はじめて見るふりをしなければならない。潜函《ケーソン》を埋めた場所も、なかにあるものも、これまで一度も見たことがないようにふるまうのだ。

島からそこだけ海に突き出しているシップ・ロックの見慣れた形が、視界にはいった。いずれも薄い氷に覆われているが、降ったばかりの雪はない。島と岩のあいだに氷原がある。氷原はかなり頑丈なので、ここでなにが起きたのか調べるあいだ、ヘリが着陸していられる。

低空飛行だったので、マリオン島の南側に墜落した飛行機の残骸が見えないのがありがたかった。煙はない。火災はもう沈下したのだ。一時間前にモールＭ‐７‐２３５水上機二機と、追随していた給油船を見かけた。モールはフロートを取り外すこともできる適応能力の高い航空機だった。二機のうちの一機は、海と陸地での墜落を調査するのに南アフリカ民間航空局《SACAA》が使用している空飛ぶ研究室だろうと、レイバーンは思った。もう一機は医療後送用で、赤十字が描かれていた。

海軍のリンクス・ヘリコプターがまもなく見えた。風防の奥は暗く、機内は見えなかったが、避難できるような場所は近くにはない。

リンクスを無線で呼び出すようにとレイバーンが機長に命じようとしたとき、機長がインターコムで呼びかけた。

「博士」機長の声が、ヘッドホンから聞こえた。「島の沖にお客さんです」

レイバーンは首をのばしたが、その位置からは東しか見えなかった。ハーネスのバックルははずしたくなかったし、どのみち反対側の窓からは空しか見えない。

「何者かわかるか？」

「ええ」機長が答えた。「中国の人民解放軍海軍、056型コルヴェットです」

ファン・トンダー中佐は、暗くなりかけていたときから、沖を航行していた中国艦を見つけていた。いまも星空を背景にコルヴェットのシルエットが見えていて、白い檣《マスト》灯と赤とグリーンの舷灯に照らされていた。

中国、アメリカ、ロシア、インドの海軍艦艇をこの地域で見かけるのは、珍しいことではない。中国とインドは、インド洋の支配をめぐって攻撃的になっている。ヒマラヤ両国が山脈に妨げられて、陸地で軍事力を誇示するのが難しいからでもあるが、中国が経済成長をつづけなければならないことが、最大の理由だった。それには、この海上交通路《シーレーン》を通って運ばれる石油が必要とされる。ミャンマー、バングラディシュ、スリランカ、モルディヴの港への投資の大幅な増加によって、中国はこの航路を思いのままに使えるようになっている。

南アフリカは、ほとんどの場合、こういう状況の傍観者だった。中国もインドも、南アフリカのこういう離島には来ない。ただそばを通過するだけだ。

きょうはそうではなかった。

マブザ大尉の状態はよくなかった。熱が出て、脱水を起こしかけていた——水はすでになくなっていた——それに、ほとんど意識がない。ファン・トンダーは、マブザの体をしっかりくるんだ。それしかできなかった。

ファン・トンダーは、墜落事故について、ひきつづき司令官に報告していた。そちらに向かっているといわれただけで、あらたな報せはなにもなかった。

「ヘリが一機、向かっていると、サイモンがいっています」シスラが無線で伝えた。

「詳細は抜きですが、司令部のヘリです」

「医療後送用ならいいんだが」

シスラは、中国艦の存在も知っていた。ファン・トンダーは中国側の交信を無線でずっと聞いていたが、やがて中国艦がマリオン島の前哨基地を呼び出した。

「マリオン島南アフリカ海軍《SAN》前哨基地へ」かなり品のいい英語でいうのが聞こえた。

「こちらはコルヴェット〈上饒《シャンラオ》〉の康允成《カン・ユンチエン》一級軍士長。そちらの近くで爆発が二度起きたのに気づいた。一度目は午前零時三十九分で、マリオン島の陸上だった。南アフリカ航空のエアバスA330‐200、二八〇便だったと思われる。まだ救難隊は到着していないようだ。われわれが支援のために待機している」

「〈上饒《シャンラオ》〉へ、マリオン島前哨基地は、貴艦の提案を受信した。司令部に伝える。ありがとう」

「二度目の爆発は夕方で、海上だった。われわれのヘリコプターが残骸を撮影した。この船の身許はわかっているのか？」

「身許は不詳、〈上饒《シャンラオ》〉。爆発の時刻は一五四八時だと記録している」

「了解、マリオン島前哨基地。プリンス・エドワード島に病気の将校がいることも知っている。われわれは沖合にいるので、熟練の医務要員を行かせることができる」

シスラは黙り込んだ。ファン・トンダーは、急いでその問題を考えた。医療チームが来るかどうかわからないので、マブザの治療のために中国人を上陸させていいかどうか、判断しなければならない。対立よりも人道を重んじたことについて、懲罰されるおそれはないと、ファン・トンダーは確信していた。

この際、懲罰されるかどうかはどうでもよかった。マブザは手当てを必要としている。軍規も救難信号を発して外国の軍隊の支援を受けることを許可している——国の安全保障が危険にさらされない限り——サイモンの食堂に標語が掲示されている。〝緊急事態? 共有より回避を重視せよ〟。中国艦の乗組員のことも考慮しなければならない。この危険要因に彼らは気づいているのかもしれない。

「〈上饒《シャンラオ》〉、こちらはプリンス・エドワード島にいるユージン・ファン・トンダー中佐」ファン・トンダーはいった。「シップ・ロックの上の岩棚から貴艦が見える。接近しないほうがいい。未知の毒物がひろがっている」

「その影響を受けているのか?」

「かなりひどい影響を受けている。ヘリコプターで海岸線に近づいたときに、パイロットのぐあいが悪くなった。ただちにポイント・デュンケルに帰投しようとしたが、パイロットが操縦できないほどひどい状態になったので、着陸した」

「つまり、毒物にさらされる場所は限られているようだな」

「そのようだ」

「その危険要因を認識し、区画を密封して、乗組員の防護を強化する」康がいった。

「なんとか支援したい」

ファン・トンダーは、康の言葉を信じていなかった。だが、マブザを救うためには、反対できなかった。

「危険物から身を護る装備と、隔離手段はあるか？」ファン・トンダーはきいた。

「あると医務班がいっている。パイロットの症状は？」

「インフルエンザに似ているが、体の衰弱がもっとひどい。汗をかき、ふるえ、発熱している」

「パイロットのそばにいるのに、健康に影響はないようだが、パイロットに触れたか？」

「素手や素肌では触れていない」ファン・トンダーがいった。「パイロットもわたしも、医療用マスクをつけている」

「ヘリコプターでそちらの位置に医官を送る」康が伝えた。

「断る。それ以上、艦を近づけないほうがいい」

べつの声が聞こえた。「中佐、こちらは憨《ハン》医務長。放射能やガスは探知していない。毒物は熱気とともに上昇する。本艦はそちらよりも低いところに位置しているし、予防措置を講じれば、艦内の乗組員は安全だ」

「注意してくれてありがとう」康がつけくわえた。

「支援の申し出に感謝する」ファン・トンダーは答えた。

ふたりの形式ばったやりとりは、おたがいの不信を隠していた。決まりきった会話だったし、録音されていることはまちがいない。中国側はマリオン島の前哨基地のことを知っていて、何度も上空を偵察飛行していた。いまさら隠すような秘密はない。

ファン・トンダーはシスラに、無線を切るよう命じて、ヘッドセットをはずし、マブザのほうを向いた。

「救助が来る」ファン・トンダーはいった。

マブザが、ガタガタふるえながらうなずいた。ファン・トンダーは、ここにいるだけで、閉所性発熱を起こしそうだった。

吹きさらしの岩棚に立っているのと、病原体に侵されている人間といっしょにここにいるのと、どっちがつらいだろうかと思った。

だが、マブザを置いていくわけにはいかない。額の汗を拭《ふ》いてやるだけでも、独りぼっちではないことがマブザにはわかる。

数分後に、なめらかな形の細長い複合艇《RHIB》（船体が硬い素材と膨張式の部分から成るボート）がコルヴェットの舷側を離れ、プリンス・エドワード島に近づいてきた。下の入り江で船外機の音が反響し、まるですぐ近くにいるような感じだった。音がかなり大きくなると、マブザの手が動くのを、ファン・トンダーは見た。

ファン・トンダーは胸が詰まり、マブザの手を握った。

「だいじょうぶだ、大尉」ファン・トンダーはいった。「われわれの部隊ではないが、助けに来てくれたんだと思う」

マブザが、弱々しくうなずいた。「ああ――よかった」

「そうだな」

やがて、マブザの手から力が抜けた。

ファン・トンダーがふたたび海のほうを見ると、遠くでコルヴェットがきらきら光る水面を切り裂き、岸に近づいているのが見えた。海は暗かったが、コルヴェットの照明は明るかった。約四分の一海里沖で、コルヴェットが停止した。島に向けてなおも航走している複合艇を、艦橋《ブリッジ》のマストにある照明が照らしていた。やがて複合艇が岩棚の下にはいって、見えなくなった。季節によってシップ岩礁《がんしょう》ができて、シップ・ロックを一周できなくなることを、ファン・トンダーは知っていた。水中の暗礁の上に氷が積もり、島とシップ・ロックがつながって、危険な浅瀬ができる。だが、複合艇はシップ・ロックを一周する必要はない。問題の場所はその東側にある。

ファン・トンダーは、ふたたびヘッドセットをかけた。

「マイケル？」

「はい、中佐」

「中国人がシップス・ロックに近づいていると、サイモンに報告してくれ。どうやら武装した戦闘員のチームらしい」ファン・トンダーはいった。「そいつらは居座りそうな感じだと思うと伝えてくれ」

13

大西洋上空　アメリカ・アフリカ軍のC‐21輸送機

夜に東へ向かう飛行機に乗っていると、ウィリアムズは時差ぼけにかかったあらゆる旅のことを思い出す。たいがい、ガタガタ揺れる大きなC‐130輸送機に乗っていた。そして、C‐130が存在しているのは、永久不変の黄昏の世界だった。

つややかなアイボリーホワイトのC‐21は、それとはまったくちがう。乗客は乱気流による突きあげや揺れをすべて感じていたが、リヴェットが眠り、グレースが道教の経典を読んだり瞑想《めいそう》したり、ブリーンが南アフリカの保健相や彼女の関係する人物についての資料を読むのを妨げることはなかった。ブリーンがすべての優秀な弁護士とおなじように準備を怠《おこた》らないことに、ウィリアムズは気づいていた。

ウィリアムズは、ベリーがひっきりなしに送ってくる新情報と、転送されてきた情報要報を読んでいた。最新情報では、中国のコルヴェット一隻が、プリンス・エドワード島沖に陣取り、ヘリコプターが着陸していた国家偵察局の写真には、つぎのようなキャプションが添付されていた。

中国人民解放軍海軍《PLAN》兵員は武装し、有害物質《HAZMAT》防護マスクを付けている。


ベリーが数分後に電話をかけてきた。「北京が動き出した。そういっていいだろう」

「前に何度もそういったね」

「ああ、しかし、台湾や日本、あるいはインドにちょっかいを出すのと、本土からこんなに離れたところに旗を立てるのは、まったくちがう」

「おなじではなくても、避けられない。地理からいっても、南インド洋の島々は、中国の西への拡大の通り道にある。その島でなにが解き放たれたにせよ、軍事的に支配したいはずだ」

「そんなことは許さない、チェイス」

「そうかな。中国にはとうてい太刀打《たちう》ちできない南アフリカ以外の国が近づいたら、全面対決のおそれがある。わたしが太平洋軍にいたころに提出した公表資料《ホワイト・ペーパー》は、だれにも読まれなかったが、この手のひそかな拡大への対策を提案した」

「どういう対策を提案したんだ？」

「中国がその地域の国々に独立を促して、すばやく軍事力を増大する前に、各国との財政面での結び付きを強めるという提案だった」

「軍拡競争と投資が重なると、二方面で段階的拡大《エスカレーション》が突出するおそれがある」ベリーはいった。「NATOと東欧の二の舞だ」

「ソ連崩壊につながった」ウィリアムズはいった。「四十年後、ロシアと旧ソ連の共和国は、いまだに破綻《はたん》寸前だ」

「たしかに。しかし、今回、そういう手段では間に合わない」ベリーが指摘した。

ウィリアムズは、一度だけ笑い声を漏らした。「その口ぶりはよく知っている。あなたの解決策は？」

「最悪の思いつきかもしれないが、どうなるか見届けよう。きみと少佐がバーバラ・ニーキルク保険相に会い、リヴェットとグレースがプリンス・エドワード島へ行くというのはどうだ？」

ウィリアムズは口をゆがめた。そんな不意打ちは予期していなかった。ブラック・ワスプがイエメンでやったことは、本来の任務から逸脱していたと、ウィリアムズは考えてきた。逃走中のテロリストは阻止《そし》しなければならなかった。規則は適用されなかった。そのときもそうだったが、いまも――長年の軍人の習性が染み付き――オプ・センターのような物事の処理が正しいと思っていた。つまり、つねに戦闘準備が整っている統合特殊作戦コマンド《JSOC》の小規模な特殊作戦チームに依存する。しかし、それとこれとは大きくことなっている。彼らはホワイトハウス、国防総省、オプ・センターの秘密の内部文書と了解のもとで、オプ・センターによって派遣されていた。指揮系統があり、交戦規則に縛られていた。

だが、ブラック・ワスプには、なんの制約もない。

「わたしが最初に思ったのは」ウィリアムズはいった。「ブラック・ワスプの効果的な使いかただということだ。しかし、戦うのが好きでやりすぎる若いふたりという不確定要素が、そこに織り込まれる」

「だからこそ現地へ行かせるんだ」ベリーはいった。「中国兵は度肝を抜かれるだろう」

「マット、わたしならこのことはもっと念入りに考える」ウィリアムズはいってから、しばし沈黙した。「いや、念入りに考えたんだろうね？〝思いつき〟ではなく」

「まさにこういう事態を想定していないようなら、ブラック・ワスプにどういう価値がある？」

「べつのいいかたをしよう。彼らが中国兵を掃滅することを望んでいるのか？」

「中国が現在保有している炭疽菌よりもずっと殺傷力の高い微生物を兵器化するのを、望ましいと思うのか？」

「馬鹿なことをきかないでほしい」

「つまり、答は〝ノー〟だな」

「豊富な資源を有する軍隊が、そこにいる。それを使うのにやぶさかでない――」

「それはまだわからない、チェイス。いまのところ、だれも中国軍に戦いを挑んでいない」

「だったら、どうして〈カール・ヴィンソン〉やそのほかの海軍資産を派遣しないんですか？　島を封鎖し、だれも出入りできないようにすればいい」

「そうしない理由は、大統領もわたしも、封鎖を突破するのに中国が武力を必要としないのではないかと恐れているからだ」ベリーはいった。「コルヴェット一隻が微生物を使ってアメリカ海軍部隊を打ち負かすことができたら、世界中で力の均衡がたちどころに変わってしまう」

「われわれがその微生物を手に入れるか、治療法を見つけるか、その両方を実現しないかぎり」

「謎の船の死んだ乗組員の遺体から？　無理だな。ベトナム戦争や第一次湾岸戦争の二の舞だ。敗北が何世代にもわたって影響する」

　最初から勝てない論争だと、ウィリアムズにはわかっていた。ベリーがいったように物事を進めていくしかない。リヴェットとグレースは、中国人民解放軍海軍《PLAN》を相手にゲリラ戦を行なうことになる。

　くそ。

「終盤戦はどうなるだろう？」ウィリアムズはきいた。「これを望んでいるとして――最善の事案想定《シナリオ》は？」

「中国がそこにあるなにかを手に入れるのを、どうやって阻止すればいいのかわからないが。われわれもそれを必要としている」

「電子顕微鏡の写真を交換したら？　いわゆる相互確証破壊《MAD》の論理で」

「そういう方針になるだろう。おたがいに弾頭を開発し、治療法を開発し、軍備競争がべつの方向へそれるのを待つ」

「ブラック・ワスプが捕らえられたら？」

「ふたりとも私服だ」ベリーはいった。「身分証明書も持たない。中国人は創造力が貧弱だ。彼らがひとりを地元の人間だと見なすのが理想的で、もうひとりもそう思われるのが望ましい」

「理想的ではない場合は？」

「それでもわたしたちにとっては有利に働く。中国は、アメリカを含めたあらゆる軍事勢力に対して、衝突寸前の接近飛行や接近航行を平気でやる。これがそういう状況を一変させるかもしれない。中国軍には蜜蜂《みつばち》の巣に似た傾向がある。中国軍の耳のなかで、雀蜂がブンブン唸《うな》ったら？　きっとふるえあがるだろう」

「ミドキフ政権の功績になる」ウィリアムズはいった。「北京を動揺させる最後の試み」

「試合終了寸前の一か八かの一投だと思っているのか？　ちがう。ブラック・ワスプを承認してから一年以上も検討してきた戦術だ。最高司令官が果たすべき役割なんだ。つねに敵に先んじる。きみに説明する必要はないだろうが」

「なるほど。しかし、自殺的任務に兵士を送り込まないようにするのも、わたしの仕事だ」

「これまではそうだった」ベリーはウィリアムズを諭した。「〝ブラック・ワスプ〟に決まるまで、わたしはこの計画の暗号名をきみに教えなかった。そうだな？」

「そうだった」

「〝暴走する大砲〟だった。大統領は、当然ながら、かなり渋っていた。〈イントレピッド〉の事件で、やらざるをえなくなったんだ。選挙のせいでもあった。ライト次期大統領が現状を把握するまで、どれほどかかるかわからない。六カ月か？　一年か？　それまでに中国がインド洋を支配するかもしれない。北ではロシアが、旧ソ連時代の領土を取り戻そうとするかもしれない。アメリカが二十一世紀の侵略にどう対抗するかを、彼らに見せつける必要がある。上には宇宙軍があり、下にはブラック・ワスプがいる――いずれひとつの巣ほどの勢力に拡大するかもしれない――そのあいだには、無駄を取り除いてめいっぱい武装したわれわれの軍がある」

「口でいう分には、よさそうに思える」

「何事も確実ではない。わたし同様、きみもそれはよく知っているはずだ」ベリーはいった。「なにもしないことはべつだ。それは確実な誤りだ」

ウィリアムズは反論できなかった。いま心配なのは、チームのことだけだった。太平洋軍や中央軍で戦闘部隊を率いていたとき、ベリーとおなじ意見を公に述べたものだ。戦術としては適切だが危険が大きい特殊作戦任務もある。チームの面々の顔を知っている将校は、彼らの安全をどうしても心配する。

「計画を練ってください」ウィリアムズはいった。「わたしはチームに話をする」

「ありがとう」ベリーがいった。

「いいんです」ウィリアムズはいった。「わたしは彼らへの助言を考えるだけです。彼らが助言どおりにやるかどうか、わからないが」

「〝ドジを踏むな〟といえばいいんじゃないか。彼らはどういう意味か、はっきり知っているはずだ」

ベリーは軽口を叩いたのだが、そのとおりだった。ウィリアムズは三人を集めて状況を説明し、任務計画が漠然としていることに懸念を示した。

グレースは心配していなかった。武術の技倆に加えて、心の底に体系的に刻まれている強い信念が、ブラック・ワスプという実験に選ばれた理由だということが、あらためてよくわかった。

「中国の五つの備えが武術の基礎をなすという内功の考えかたが、導いてくれる」グレースはいった。「どんな状況でも、ひとりの人間にできることは五つしかない。進む、さがる、とどまる、予期する、解決する。どう解決すればいいのかはっきりしないときには、べつのことをやる。はっきりしているときには、それをやる」

ブリーン少佐は、納得しなかった。「解決するとして、その瞬間——たとえば、中国軍将校を殺すことで生き延びられるのがはっきりしたとして——それをやると、いっそう重大な事態になる危険性があったら？」

「その危険性は、すでに存在している」

「パットン将軍の行動みたいだと思うんだけど」リヴェットがいった。「パットンは、ヨーロッパにもともと大部隊があるときに、ソ連と戦いたかった。でも、アメリカに帰って、戻ってきたときには、敵はずっと強大になっていた。東欧やウクライナがソ連に呑み込まれたのは、そのためだったのでは？」

ウィリアムズは、くすりと笑った。ブリーンはそういう考えかたや、若いふたりが好戦的で気が合っていることをおもしろがりはしないだろう。

「外交努力はどうなっているのかときいても、仕方がないだろうね」ブリーンがいった。

「外交交渉でロサンゼルスのギャング戦争がとめられたことは一度もないよ」リヴェットがいった。「少林寺拳法のことは、映画で見ただけでよく知らないけど、ひとつの通りが落ちぶれたら、その通りがあるブロックが落ちぶれ、そのブロックがある界隈《わい》が落ちぶれるのは知ってる——デトロイトもワッツ地区もそうだった。だめですよ、少佐。戦争をとめるには、威張ってるやつを阻止するしかない」

ブリーンは、金色とブルーの模様のきれいなカーペットを見た。座席をフロアに固定しているボルトのまわりには、汚れひとつない。軍が清掃と整備を行なっている。命令があるから、適切にそれが行なわれている。ブリーンが護ると誓った法律とおなじように。

「どんなことでも、だれも確実だとはいえない」ブリーンはいった。「わたしが規則やガイダンスを信じるのは、そのためだろう。こきおろすつもりはないが、少尉、それは〝解決〟というには、ちょっと曖昧過ぎるように思える」肩をすくめた。「わたしは五つの備えを理解していないのかもしれない。しかし、わたしはいいたい。イエメンで起きたことは無法だった。それをくりかえし、そういうことが習慣になり、文明化するのがどういうことか忘れたら、なにも解決したことにはならない」

会議は終わり、ウィリアムズは自分とベリーが開始したことについて、ふたたび考えた。

だれもまちがっていないと、心のなかでつぶやいた。問題は、だからといってだれかが正しいとは限らないことだ。

さいわい、ウィリアムズの懸念はそれほど微妙ではなく、複雑でもなかった。

この接触伝染がどういうものであれ、それが世界に解き放たれるのを阻止しなければばならない。それだけのことだ。

14

南アフリカ　プリンス・エドワード島
十一月十二日、午前一時九分

ヘリコプターが目的の場所に近づくと、島の高い岩棚の先になめらかな形の中国艦が見えたので、レイバーン中佐は警戒した。しかも、複合艇《RHIB》が、島伝いに移動していた。だが、レイバーンが懸念していたのは、国の統治権ではなく、シップ・ロックの穴の内容物だった。

中国艦の乗組員は、それを埋めた現場のそばにはいなかった。いまのところは。それに、コルヴェットの艦橋《ブリッジ》内に活動が見られるので、ほっとした。微生物は大気中で分散したか、激減したようだった。もう穴にはなにも残っていないかもしれない。

クルメック将軍の指示を仰ぐ必要があったが、傍受されるおそれがあるヘリコプターの無線機は使えない。さいわい、レイバーンは秘話回線をどこで使えるかを知っていた。

レイバーン、機長《パイロット》、副操縦士《コ・パイロット》は、無線封止飛行中にメールを使って機内で連絡を取り合うことができる装置を身につけていた。レイバーンはメールを書いた。

　サイモンに報告するな。

機長が答えた。

　救難の民間機が発見するかもしれない。

レイバーンが応答した。

　マリオン島に北西から近づくことはないだろう。
　南アフリカ《SA》人パイロットたちにとって危険だ。
　着陸し、中国人民解放軍海軍《PLAN》に立ち去るよう命じなければならない。

機長がうなずいて、了解したことを示した。

レイバーンがいったことは事実だった。救難の水上機二機は、墜落現場に接近することに専念し、低空飛行して、コルヴェットを発見できないかもしれない。ヘリコプター二機は、プリンス・エドワード島の山々が隠してくれる。それに、南アフリカ空軍が対応のために緊急発進するのも望ましくなかった。空軍機の安全のためではない。レイバーンとクルメックの行動がばれるおそれがある。微生物を埋めたところを密封するまで、目撃者をこれ以上増やしたくなかった。

問題は、最初にどういう手を打つかということだった。状態を見届けるために、現場に行かなければならない。もちろん、中国軍が追ってくるだろう。

どこを探せばいいか知っていたら、中国軍はとっくにそうしていたはずだと、レイバーンは思った。だが、マリオン島から来たふたりをコルヴェットに収容したら、どのみちやつらはふたりの喉頭《こうとう》からサンプルを採取できる。

そのふたつの可能性よりも最悪の事態があると、レイバーンは不意に気づいた。

このヘリでプリンス・エドワード島に着陸したら、やつらに捕らえられるおそれがある。

前哨基地の無線機でクルメックの指示を仰がなければならない。レイバーンは機長にメールを送った。

着陸するな。ポイント・デュンケルへ行け。

機長が親指を立てて了解したことを示し、アトラス・オリックス・ヘリコプターの機首を沖に向けて、南西を目指した。

レイバーンが機外に目を向けると、リンクス・ヘリコプターが見えた。

マリオン島に達すると、アジサシがいたるところにいて、嘴《くちばし》から魚をぶらさげていた。食べ残しを狙っているカオグロサヤハシチドリが、その下を飛び、こぼれ落ちたかけらをついばんで飛び去った。旅客機が墜落して地面が黒く煤《すす》けている現場に近づいたとき、カオグロサヤハシチドリなどの小型の鳥が残骸のあちこちに群がっているのを見て、レイバーンはぞっとした。レイバーンは顔をそむけた。機長が内陸部に向けてヘリの高度を下げたのは、鳥の群れを避けるためだけではなく、鳥が遺体をついばんでいる光景から遠ざかりたいからだった。レイバーンのヘリコプターは数分後に、いつもならリンクスが駐機しているヘリパッドに着陸した。

前哨基地のなかでは、明かりがともっていた。

「はずしてもだいじょうぶだと思う」レイバーンは、マスクをはずしてからいった。

機長と副操縦士が、おなじようにマスクをはずした。

「ここで待て」レイバーンは命じた。「到着したことを上官に伝え、中国軍について指示を受ける」

機長と副操縦士が、了解したと答えた。レイバーンはコートのジッパーを閉めてフードをかぶり、機外に出た。ステート・プレジデント・スウォート・ピークというドーム型の高峰のせいで日陰になっている凍った地面を、レイバーンのブーツが踏みしだいた。寒さのせいで顔がひりひり傷み、鼻や喉が詰まらないように気をつけながら、レイバーンは急ぎ足で基地の建物に向かった。近づくと、ドアがあいた。

ひとりの中国海軍下士官が出てきた。ＱＳＷ０６微声手槍《ウエイシヨアン・シヨウチイアン》（消音拳銃）で、レイバーンに狙いをつけていた。オリーヴグリーンのシェルパ族風のトレンチコートを着て、それに合わせた耳当て付き帽子をかぶり、耳当ては頭の上で結んであった。下士官が拳銃をふって、レイバーンになかにはいるよう促した。厳しい表情が固まっていて、発砲するのをためらわないだろうとわかった。

レイバーンがなかにはいるとき、中国海軍の水兵が七人、ぞろぞろと出てきた。全員が武装し、重いブーツが硬い地面をこする音が響いた。若い南アフリカ軍少尉がいることに、レイバーンははじめて気づいた。少尉は、奥の隅にある通信機器から遠ざけられて、回転椅子に座っていた。

裏の発電機の低いうなりと、あいたドアから吹き込む風のけたたましい音を除けば、静まり返っていた。一分後、早い足どりで地面を強く踏むブーツの音が、レイバーンの耳に届いた。中国海軍の水兵たちが、ヘリコプターの乗員ふたりを狭いリビングに連れてきて、ドアを閉めた。

だれも両手を挙げなかったし、挙げろともいわれなかった。全員が集まると、南アフリカ人たちは、中国海軍の戦闘員に囲まれていた。

中国政府《ペキン》はやることが組織立っていて、単純明快だと、レイバーンは思った。サイモンズ・タウンでの司令部では、インド洋を航行する外国の海軍の戦術とテクノロジーの発達について、定期的に要旨説明《ブリーフィング》が行なわれる。ロシアはやることが粗雑で、ときには無謀な形で武力をひけらかす。インドは昔から根付いている用心深い階級制度に支配されている。中国には一定の〝併呑《へいどん》〟の方針がある。戦略目標を見定めると、その国を同盟国と仲たがいするように仕向ける。要するに、中国は重要な鎖の環のもっとも弱い部分を包囲して、呑み込むのだ。

戻ってきた中国人が五人だけだったことに、そのときレイバーンは気づいた。あとのふたりもまもなく戻ってきた。ふたりとも、焼夷手榴弾六発がはいった木箱を抱えていた。

レイバーンを見張っていた最初の中国海軍兵曹が、無線機のほうへ行って、コルヴェットを呼び出した。部屋は暑く、レイバーンは——神経質に目を光らせていた中国人たちの前で——手袋を脱ぎ、コートのジッパーをあけた。無線機でしばらく話をしていた兵曹が、レイバーンを呼び寄せた。少尉が回転椅子を譲り、レイバーンは椅子を無線機に近づけた。

「こちらはコルヴェット〈上饒《シャンラオ》〉の康允成《カン・ユンチエン》一級軍士長だ」きびきびした声が、無線機から聞こえた。「そちらはだれだ?」

「グレイ・レイバーン海軍中佐。南アフリカ海軍医官だ」

「プリンス・エドワード島に来た理由は?」康が質問した。

「海軍将校ひとりを手当てするためだ。あんたたちはそれを邪魔——」

「焼夷手榴弾であのパイロットを治療するつもりだったのか、レイバーン中佐?」

「われわれは急いで出発した。手榴弾はたまたま積んであっただけだ」

「手榴弾でなにをやるつもりだったのか?」

「なにも。いまいったように——」

「それなら、手榴弾はそこに置いていけ」康一級軍士長がいった。「プリンス・エドワード島のあんたの同志は、われわれが連れていく」

「そんなことはさせない」レイバーンは口走り、とたんに後悔した。

「なぜだ？」

「理由はいえない」レイバーンは答えた。

「レイバーン中佐、これについて、あんたは話している以外のことを知っている。どうか、早く説明してもらいたい。これは感染症だし、寒冷な環境では細菌の活動が休止するか、ほとんど休止に近くなる。ヘリコプターがヒーターを切っていたのは、そのためだろう」

この連中は洞察力が鋭い。レイバーンは、乏しい選択肢をすばやく比較した。この任務に無作為に選ばれた医官ではないことを、すでに見抜かれている。愚かにも、それがわかるような受け答えをしてしまった。この前哨基地かコルヴェットで身柄を拘束されることはまちがいない。

「あんたの沈黙は、われわれが疑っていることを裏付けているようだ」康がはっきりといった。「あんたを本艦に連行する」

「そんなことをすれば、国際的な事件になる」

「バイオテロの可能性があるのを調査するだけだ」康がいった。「事件にはならないと思うね」

中国人に包囲され、包囲の輪が狭まっている、とレイバーンは思った。この連中に連行されるのを許すわけにはいかない。真実が明るみに出てはならない。しかしながら、穴は密封しなければならない。それが最優先だ。

「それに代わる提案がある」レイバーン中佐はいった。「わたしが行かなければならない場所、接触伝染の源へ連れていくよう、この連中に指示してくれ。これを引き起こした原因を、わたしは破壊する」

「そこへ連れていくが、破壊するためではなく、回収するためだ」康が答えた。

「それはやらない」

「それなら、あんたにもやらせない、レイバーン中佐。いずれわれわれがそれを見つける」

無謀な冒険だと、レイバーンが注意しようとしたとき、無線の相手の側から、声を殺した会話が聞こえた。

なにが起きるのかを全員が待つあいだ、前哨基地には緊張が漂っていた。予想とは異なり、コルヴェットの乗組員は危険にさらされているのではないかと、レイバーンは心配になった。

「中佐、わたしの仲間はどうなってるんですか?」シスラが急にきいた。

「ふたりのところへは行けなかった」レイバーンはいった。「通信を聞いただろう?」

「はい」

「パイロットがまだ生きているのは、ほとんど病原体にさらされなかったからだ」

「よかった」シスラがいった。

一分近くたってから、康一級軍士長が交信を再開した。あいかわらず落ち着いた口調でいった。「中佐、どうやらあんたは、〈上饒《シャンラオ》〉よりもずっと厄介な心配事を抱え込んだようだ」

15

南アフリカ　イースト・ロンドン
十一月十一日、午後十時五十分

　これまでの一生ずっと——記憶にある限り——クロード・フォスターは、決定を下したことがなかった。

「これはきわめて重要な一歩です」教師のひとりが、フォスターの母親にいったことがあった。「この子は、反抗的にそれを避けたのです」

　七歳だったフォスターは、社会の風潮にやみくもに従う無知な人間にそう批判され、罰として笞打《むちう》たれた。そのときですら、フォスターは母親を憎まなかった。人種間の結婚が非合法だったので、ミリアム・フォスターは、白人にレイプされたのだというふりをしなければならなかった。フォスターは、教師を攻めもしなかった。彼女はイースト・ロンドンの南西にあるムダントサネの掘っ立て小屋で小規模な学校を運営していた。生徒は九人で、そのうちふたりは女性教師の子供だった。フォスターはそのうちのひとりが好きだった。彼女に触りたかった。相手は触られるのを嫌っていた。フォスターは気にしなかった。

だが、教師のミス・ントンベラがミリアム・フォスターを訪ねたのは、そのためではなかった。フォスターがサッカーのボールを盗んだからだった。父親はめったに家におらず、フォスターとは遊ばなかった。肌が黒かろうと白かろうと、フォスターと遊ぶ子供はいなかったので、フォスターは土の運動場で黒人の一団からボールを盗んだ。ボールはもうひとつあり、彼らはそれを使っていた。盗んだのは予備のボールだった。

男の子のひとり、ダニーの名前が、ボールに書いてあった。

フォスターはその一団に殴られ、母親にも殴られた。ひとつの変化は、行動が必要とされる事柄で行動したのを、フォスターが誇りに思ったことだった。それ以降、フォスターは、罪と罰を天秤《てんびん》にかけるのをやめた。行動し、捕まらないように予防措置を講じ、大胆な手口に警察はとまどうということを知った。警察が這っているとき、フォスターは跳んだ。警察はフォスターの足跡を見失うか、当面、もっと追いやすいはっきりした足跡をたどった。フォスターが法律を破っていると警察は疑っていたが、立証できなかった。ときどき男や女が死んだ――〈テリ・ホイール〉の前にも、犬、警備員、落盤のために七人が死んでいた――〝当然の報いだ〟と見られたし、警察にはMEASEを調査するよりもっと重要な仕事があった。

丘の上の邸宅で、フォスターの兄アーロンは、運が尽きることがあるかもしれないといって、合法的な仕事に転じるようフォスターを促した。アーロンにはわかっていなかった。弟がサッカーのチームのあとを跟《つ》けて貧民街へ行き、夜になるのを待って、小便をするために表に出てきたダニーを刺したことも、アーロンには理解できなかった。殺すためではなかった。フォスターはダニーの脚と太腿《ふともも》を刺して筋肉を切り裂き、悲鳴をあげさせた。ダニーの家族が医者のところへ行っているあいだに、フォスターは掘っ立て小屋にはいって、ボールに穴をあけた。ダニーもボールも、二度とフィールドに出られなくなった。

フォスターはそういったことを考えたわけではなかった。ただやっただけだ。カティンカが睡眠をとるために帰ったあと、フォスターはヨットや保険や捜査のことは考えなかった。当局は、墜落した旅客機という、もっと重大な問題を抱えている。いま、フォスターの胸のなかでは、妬《ねた》みと激しい怒りが湧《わ》き起こっていた。オフィスの木の椅子に置いてあるバックパックに、落ちくぼんだ目の焦点が合った。あれが、そこでつつましく、じっとしている——。

眠っているライオンのように、と思った。いや、ちがう。むしろ、教会の聖像画のようだ。十字架にかけられたイエス・キリスト。飢えた猫科の猛獣よりも、はるかに大きな力を秘めている。

旅客機の墜落は、なにも書かれていない律法の石板だった。カティンカがこれを解き放ったことは明らかで、だれも責任をとろうとしていない。これは新しい物体で、フォスターには所有する機会があるだけではなく、べつのボールをナイフで刺すこともできる。わずかな量のダイヤモンドではなく、自分をのけ者にした社会を手中にできる。その後の影響など考えなかった。大混乱が起きるに決まっている。フォスターは即興で物事をやるのに慣れていた。南アフリカはそうではない。だれもが地上ではなく空に目を向けるはずなので、失敗するとは思わなかった。大量殺戮《さつりく》二度分——あるいはそれ以上——があるので、捕らえられることは心配していなかった。容器一本にどれほどの数の微生物が収められているのか、フォスターにはわからなかった。

フォスターはオフィスで落ち着いて静かに座っていた——長い夜で疲れていたからでもあった——だが、さまざまな可能性と力のことを考えて、内心では有頂天になっていた。人生ではじめて、本物の力を握ったのだ。闇の世界で、探知されるのを避けているのではなく。

フォスターは、あれこれ考えなかった。必要な装備はとなりの部屋のロッカーにある。決心がつくと、フォスターはバスルームへ行った――ダニーを刺したことを思うと、いつも小便を漏らしそうになる――それから、頭のなかでできあがっていて、やると決意したことに取りかかった。

フォスターは、デスクに向かって一時間ほど仮眠してから、準備をして、ロッカーにしまっているプリペイド式携帯電話二十台のうちの一台を取りにいった。四キロメートル南のフリート・ストリート三番地にある南アフリカ警察署に電話をかけた。午前八時には制服警官の男女が出勤し、バッファロー川を眺めながら、朝のコーヒーか紅茶を飲んでラスクを食べるはずだった。

その連中も、これで早々と目を醒ますだろう。

フォスターは、プリペイド式携帯電話で、二十四時間受付の犯罪防止情報係の番号にかけた。緊急通報の10111ではなく、この番号を選んだのは、住所を聞いてパトロールカーをあちこちに派遣するのが仕事の通信指令係ではなく、警察署全体が騒然となるようにしたいからだった。

すぐさま男の警官が出た。

「こちらはバークレー法務官。あなたのお名前は？」

「本日のふたつ目の謎を当局に提供しようとしてる男だ」

「お名前は？」

「〝軍《いくさ》の神〟と呼んでくれ」フォスターはいった。「ふたたび大量殺人をやろうとしてるところだ」

胸が軽く、大きく、よろこびに満ち、力強くなって、フォスターは電話を切り、フォスターが嫌悪する犯罪防止の体系にとどめを刺した。


ナフーン川を渡るNE高速道路の交通量は多く、ことにバッティング橋が混雑していた。時刻にかかわらず、つねにそこが障害になる。イースト・ロンドンへ行く観光客は、水面に映る夜の明かりと、ナフーン・エスチュアリー自然保護区の夜行性動物の音に包み込まれる。観光客が乗る車は、写真を撮るために速度を落とすか、二車線の道路脇の遊歩道に観光客をおろす。クラクションを鳴らしても、よそから来た人々をせかすことはできないし、風が強くてクラクションの音がほとんど聞こえないこともある。豪雨がつづいたあとでやってきた地元住民は――スマートフォンや天気予報アプリを持っていないものが多い――自分たちが働いていた船や艀《はしけ》が危険な状態になっているのを見ることになる。

ナフーン川西岸のオールド・トランスカイ・ロードから東のバッティング・ロードに向けて橋を渡っていた古いトヨタ・ハイラックスのピックアップ・トラックに、だれもたいして注意を払っていなかった。目を留めたものはいなかった。ピックアップの荷台には、白いカンバスがゆるく縛り付けられ、はためいていた。フロントウィンドウとサイドウィンドウには、黒いスモークが貼《は》ってあった――特殊な改造だった。ナンバープレートは偽造だった。

運転していた男は、リアシートにＨＡＺＭＡＴマスクを用意していた。

橋の四〇〇メートル手前で、その男――フォスター――は、ピックアップを道端に寄せてとめ、カンバスの防水布をしっかり縛った。フォスターがそこにいるあいだに、車が何台も轟然《ごうぜん》と通過した。街灯や信号に監視カメラがないことを、フォスターは確認した。オフィスと往復するときに、監視カメラがないことは何度も確認していた。周囲を見て、警察車両が視界内にいないと納得すると――最新のビデオ監視システムを備えている車両もある――フォスターはマスクをかけ、コアサンプルを収めた容器をあけて、開口部をうしろに向けて、しっかり縛り付けた防水布の下に戻した。運転台に急いで戻り、容器のなかの微生物をうしろに撒《ま》き散らしながら、走りつづけた。

マスクで耳まで覆われていたので、フォスターはたえまなくバックミラーを覗いて、なにかが起きているかどうかをたしかめた。バッティング橋まで達したところで、ふりかえり、にやりと笑った。


ジェーン・チョンが南アフリカを好きな理由はただひとつ、野生動物を研究する機会があることだった。

韓国人獣医のジェーンは、プレトリアの大使館に配置された外交官の夫とともに、南アフリカに来た。南アフリカの人種間の対立、劣化しているインフラ、貧困は好きではなかった。だが、原野で動物を研究する機会に恵まれていることと、ヒルサイド・アニマル・アウトリーチのような救護団体とともに活動できることは気に入っていた。

ジェーンのステーションワゴンの後部では、金網の仕切りの向こう側で、プードル六匹が勝手に走りまわっていた。吠えたり、うなったり、遊んだりしている物音が、音楽のようだった。

古いシボレー・コモドアのステーションワゴンでバッティング橋に近づいたとき、

ジェーンの注意がそれた。遊歩道に立っていた年配の女性が、急にカメラと自撮り棒を落として、川のほうを向き、腰までの高さの欄干《らんかん》にもたれ嘔吐したのだ。金属製の欄干を両手で握り、咳をして血を吐いた。

ジェーンは、ハザードランプを点滅させ、女性のそばで車を止めた。ブレーキを踏んだとき、自分も手のなかに吐いた。年配の女性から目を離さずにドアをあけ、咳き込みながら、そちらへ歩いていった——。

年配の女性がまた激しく嘔吐し、口からあふれ出した血が、コンクリートの路面と欄干に落ちた。ジェーンは立ちどまり、車にゴム手袋を取りに戻ろうかと思った。

戻れなかった。カムリがコモドアに追突して、遊歩道に押しあげ、コモドアの車体がジェーンにぶつかった。衝撃で右脚が折れ、ジェーンは倒れた。カムリは減速しなかった。コモドアの左後部がさらに押されて、犬六匹が激しく鳴いた。コモドアは舗装面でジェーンを押し潰し、さらに進んで、年配の女性に激突した。リアドアがぶつかった衝撃で女性の背骨が折れ、鋼管の欄干に叩きつけられた。

カムリはなおも走りつづけていた。運転していた男は、アクセルを踏みつけたまま死に、靴とアクセルペダルが汚物に覆われていた。車二台は欄干をこすって進み、離れたところにいた歩行者たちが逃げ——やがてよろけて、咳き込み、血を吐いて、倒れた。

西のほうで何台もの車が蛇行し、とまり、車同士がぶつかったり、欄干に突っ込んだりしていた。ヘッドライトが探照灯のように橋や川のあちこちを照らした。運転していたひとびとが、前方でなにが起きているのかたしかめようとして、その場でとまった車もあった。それらの車は、二度と動かなかった。運転していたひとびとは、シートに座ったまま死ぬか、サイドウィンドウから身を乗り出して死んだ。高架道の入口で進めなくなったミニバンから、ひとりの母親が幼児を連れ出した。数歩進んだところで倒れ、ふたりとも血と組織を吐いた。

橋の中間から西側ですべての動きがとまったとき――ちょうど西風が吹いていた――送電塔を点検するためにナフーン川に沿って飛行していたベル206Bヘリコプターが、川面《かわも》に向けて優美な螺旋《らせん》を描いた。灯火が傷ついたツバメの目のようにまたたいていた。コクピットが橋を越え、川の上に出て、また橋の上に戻り――ついに尾部が橋の支柱に激突した。ヘリコプターの赤い薄い外板がめくれて、機体の骨組みが折れ、結合部の燃料タンクに穴があいた。キャビンが鈍い水音とともに川面を打ち、オイルが流れ出して、ショートした配線の火花によって燃えあがった。

炎が勢いよく噴きあがり、バッティング橋に一部が燃え移った。タンクに穴があいた車に炎が届き、爆発し、連鎖反応が起きて、道路に向けて爆発がひろがっていった。爆発が起きるたびに、車と車内の遺体が、燃える塊《かたまり》となって空に吹っ飛んだ。それらの残骸が川に転げ落ち、対岸の家や橋自体にも落下した。高熱の炎で橋の路面が溶け、ひび割れ、まだ残っていた部分も川に落ちた。

橋の焼け焦げた骨組みは、そこで死んだイースト・ロンドンの住民の墓標のようだった。車に乗ったひとびとも、法執行機関も、川や道路や空から近づいてこなかった。聞こえるのは、川の流れる音、橋の支柱がきしむ音、ジェーンのステーションワゴンの後部のプードル——横のほうにいたので、炎に巻き込まれなかった——の鳴き声だけだった。

やがて、最後の降伏のしるしとして、橋の中央が北に向けてねじれ、骨組みごと川に崩落した。小船、裏庭、なにが起きたのか見ようと出てきた何人かの住民を、波が呑み込んだ。

16

ホワイトハウス　オーヴァル・オフィス
十一月十一日、午後五時一分

「どうしてそんなことができるんだ？」ハワード国家安全保障問題担当大統領補佐官がきいた。

ハワード、ミドキフ大統領、マット・ベリー、アンジー・ブラナーは、イースト・ロンドン警察署にかかってきた電話の録音を聞いたところだった。通話の七分後に、発信源を突きとめ、番号を確認し、所有者の身許を識別したが、成果はなかったという報告が届いた。

資料が送られたすべての情報機関によって、通話は分析されていた。ヨーロッパとアメリカが最初で、そのあと、ロシア、中国、そのほかのアジアの国々で。

「できますよ」ベリーがいった。「プリペイド式携帯電話を買い、べつの携帯電話を使って通話分を支払って使います。使用期限が切れるまで、三十日稼げます」

「しかし、使えば足跡が残るだろう」大統領がきいた。

「どこにも残りません」ベリーは答えた。「どこか、たいがいインドですが、そのどこかへ電話をかけ、プリペイド式携帯電話のＩＭＥＩ番号（国際移動体装置識別番号）を伝えればいいだけです。オペレーターには名前も教えます」

「本名だろう」大統領がいった。

「実在する口座の名前です」ベリーは答えた。「これは偽名です。こういう口座は、通常、クレジットカードの盗まれた情報を買ってこしらえます。通話分の支払い情報は、使用する直前にハッキングで得ます。そういうハッキングはたいがい、持ち主が眠っているような時間帯に行なわれます。発見されたときには、未詳のプリペイド式携帯電話に、通話分が送金されています」

「どうしてわれわれは、安全策を埋め込まずにテクノロジーを発明しつづけるんだ？」ミドキフが疑問を投げた。

「大統領」ハワードが、会議の目的《プレゼンス》に話を戻そうとした。「われわれの艦艇と衛星が監視しているこの中国艦の軍事的存在はどうですか？」

「彼らは、旅客機が墜落したマリオン島ではなく、プリンス・エドワード島へすぐさま行きました」ベリーはいった。

ミドキフは、ベリーの顔を見つめた。「北京はきみが握っているのとおなじ情報を握っている」

「わたしはなにか見落としたのかな?」ハワードがきいた。

「わたしの情報源の堆積学者が、プリンス・エドワード島のある場所から光が出ていたといっていました」ベリーが指摘した。

「ほかにはだれも報告していない」ハワードがいった。

「海軍に目を向けて情報を探していると、地質学的な現象を見落とすかもしれない、トレヴァー」

「それを中国が見たのか? どんな衛星で? どんな艦艇で? 戦術的に重要ではない自然保護区を、彼らは監視していない」

その話題がつづけられるまえに、ラジーニ博士が電話で会議に割り込んだ。

「なにがわかった?」大統領はきいた。

「ふたつのことが」ラジーニがいった。「南アフリカ海軍が、マリオン島に医療チームを派遣し、それがまもなく到着します。パイロットの体の具合が悪くなって着陸したヘリコプターは、プリンス・エドワード島のシップ・ロックという場所の近くにあります」

ハワードは地図を見た。「北岸だ。そのあたりを船が通航したばかりだ」

ラジーニ博士は、中国艦のことを知らされる保全適格性認定資格を有していないので、ハワードは曖昧にそういった。

「体の具合が悪いが、生きているんだな？」ベリーがきいた。

「パイロットと、ヘリに乗っていて感染しなかったもうひとりは生きていると思われます。風向きと位置で、影響が弱まったのかもしれません――そういい切れるだけの情報はありませんが」

「もうひとつの情報は？」ミドキフがきいた。

「イースト・ロンドンで墜落したヘリコプターが、動画をエネルギー省に送信していました」大統領科学顧問のラジーニがいった。〝犯人の車《ヴィークル・ゼロ》〟をカメラは捉《とら》えていませんが、事象は橋沿いから西と上にひろがったようです。まだ橋に達していなかった車は影響を受けませんでしたが、ヘリコプターは影響を受けました」

「熱した気流で上昇したんだ」ハワードがいった。

「そのようです。南アフリカ政府はただちに、気流の通り道の空を飛行しないよう命じました。しかし、わたしたちは、この伝染性物質が放出されてから死滅するまでの時間を突きとめようとしています」

「だれかが偶然、そのなかにはいらないかぎり、わからないんじゃないか」ミドキフはいった。

「三〇〇キロメートルほど西まで山しかありません」ラジーニがいった。「ラジオ、テレビ、ソーシャルメディアが、表に出ないで窓を閉め、エアコンや換気扇を切るよう注意しています。それに、なにかで口を覆うようにと。軍が防護装備をつけたパイロットが操縦するヘリを派遣して、住民に警告しています——死傷者がないかどうかも調べています」

「こういうものには、だいたい有効期限があるだろう?」ハワードがきいた。

「もっともな疑問ですし、スタッフに調べさせています」ラジーニが答えた。「くしゃみや咳の原因になる細菌の寿命は、一時間くらいです。体から出れば死にます。この細菌が——細菌なのかウイルスなのか、あるいは化学物質なのか、まだわかっていませんが——生物工学によって寿命を延ばされていないことを願っています」

「しかし、その可能性がないわけではない」大統領がいった。

そこにいた四人は、おなじ考えだったが、それを口にしなかった。中国艦が沖に投《とう》錨《びょう》しているのは、乗組員が安全で、病原体が大気中で長く生きられないことを物語っている。

「公衆衛生局長官からなにか情報は？」大統領はきいた。

「公衆衛生局《PHS》のヤング長官と疾病予防管理センター《CDC》が、南アフリカのCDCに連絡し、この微生物が自然のものなのか、それとも研究室で創られたものなのか、問い合わせています」

「ラジーニ博士、きみはいまでもこれは現地の地質構造と関係がある自然現象だと思っているのかね？」

「そうはいい切れないでしょうね」

「なぜだ？」ミドキフはきいた。

ハワードが答えた。「毒性、伝染の速度、むごたらしさから、軍の兵器開発計画のにおいがする」

「南アフリカが生物兵器の研究を行なっていたという証拠はありません」ベリーがいった。

「お言葉ですが、ベリーさん、アパルトヘイト時代の例がありますよ」ラジーニが重々しくつづけた。「国内政治への介入に、病気を利用したという噂がありました」

ミドキフはラジーニに礼をいって、電話を切った。

「AIDSに関する風説は、旧南アフリカ政府のでっちあげです」ベリーが嘲《あざけ》った。

「事実かどうかはともかく、それを平気で利用した南アフリカ人がひとりいた」ミドキフが指摘した。

「だとすると、当然の疑問が浮かぶ」ハワードがいった。「旅客機を攻撃する前に、どうして警告がなかったのか?」

「ふたつの事件はつながりがないのかもしれない」ベリーが意見をいった。

あとの三人は、それについて考えた。

「犯人がそれぞれちがうのか?」ミドキフが疑問を投げた。「複数のサンプルがあるのか?」

「だれかがどうにかして旅客機からサンプルを手に入れて、イースト・ロンドンの事件に悪用したのでは?」

「電話をかけてきた男は、なにも要求しなかった」ミドキフが指摘した。

「いまのところは。徹底した反社会的な人間でない限り——その可能性は排除できませんが——またやるでしょう」

「中国のことに話を戻そう」大統領がいった。「彼らはどこでなにを探せばいいか、知らないかもしれないが、島にいる南アフリカ海軍将校たちは知っている。中国はそれにすぐ気づくだろう」

ベリーが立ちあがった。「オフィスに戻って、何本か電話をかけて、調べます。中国に関してつけくわえることはありません――やつらはいつもやることをやっているだけです」

「もっとましな方法があります」ハワードがいった。

「どういう方法だ？」大統領がきいた。

「〈カール・ヴィンソン〉のＣＩＷＳ《シーウィズ》でプリンス・エドワード島を一斉射撃する。南アフリカ政府がわれわれに支援を求めたと、中国側は思うでしょう」

ファランクス近接防御《CIWS》システムは、対艦ミサイルに対して主に使用されるレーダー誘導二〇ミリ・ヴァルカン砲だ。

「反対なんだな？」ミドキフはベリーにきいた。八年前からの部下なので、答はすでにわかっていた。

「そういう行動が挑発的だというだけではなく、北京が危険を冒してこんな危険物質を扱うのをやらせておいたほうがいいからです。彼らがなにかを手に入れれば、わたちにすぐわかります」

「源、蛇口を奪われてもかまわないというのか？」ハワードが問いかけた。

「これがなにかわかり、打ち勝つことができるまでは、かまわないでしょう」

だが、大統領もベリーも、べつの理由があることを承知していた。

アンジー・ブラナーは、それまでずっと黙っていたが、男三人の表情を読んでいたようだった。

大統領次席補佐官のベリーは、廊下の先にある狭いオフィスへ行くために出ていった。中国海軍の上陸チームよりも強力な手立てがあることを、ハワードに教えるつもりはなかった。ベリーは、上陸チームのことをウィリアムズに伝え、バーバラ・ニーキルクに強い圧力をかけるよう指示するつもりだった。

ニーキルクはオーストラリア保険相へのメールで、飛行禁止に〝時間枠〟がありそうなことをほのめかしていたから、これに関して重要なことを知っているのではないかと、ベリーは直感していた。〝時間枠〟が気流ではなく微生物の持続力によるものだとしたら、これがなんであるのか、彼女はまちがいなく知っている。

ベリーが秘書の小部屋を通って、オフィスのドアをあけたとき、ラジーニ博士からオーヴァル・オフィスで会議を行なっていた四人宛《あ》てのメールが届いた。

医療チームのプリンス・エドワード《PE》島到着が遅れている。南アフリカ海軍《SAN》が確認中。

「マット、大統領がすぐ会いたいといっています」ベリーがドアを閉めたとき、秘書がいった。

ベリーは向きを変え、廊下でハワードとすれちがった。ふたりは口をきかなかった。なにもいうことがなかった。アンジー・ブラナーがいっしょだったが、メールを書くのに追われていた――ライト次期大統領が説明を求めているにちがいない。

大統領秘書が、ベリーをせかしてオーヴァル・オフィスに入れた。大統領はデスクの奥に座っていた。ベリーを手招きし、ドアを閉めるよう促した。

「SANのヘリが、マリオン島に到着した」ミドキフ大統領がいった。「中国の複合艇《RHIB》一艘《そう》がそこに向かっている。

マット、わたしはトレヴァーのCIWS《シーウィズ》を使う案に反対したくない気持ちなんだ。中国軍が上陸して、好きなだけそこにいるようなことは望ましくない。だが、オプ・センターがもっと巧みにそっと解決できるのであれば、その手は避けたい」

「現地に戦闘員が到着するまで、最短でも八時間かかります」

「それが心配なんだ」ミドキフは正直にいった。「南アフリカ軍上層部ですら、そこでなにが起きているのか知らないのではないかと思う。真相を突きとめるのが中国だけだとしたら、われわれは情報をつかむのに苦労するだろう。それに、中国はとてつもない損害をあたえることができる――自分たちの手を汚さずに」

「大統領、まだそれはわかっていません。じつは中国が黒幕で、その島を昼間準備地域として使うつもりかもしれない。インド洋でも領土の範囲を押しひろげてきましたからね」

「海軍情報部が、それを検討している」ミドキフはいった。「通信を分析した限りでは、中国もやはり驚愕しているようだ」

「中国が仕組んだのだとすれば、いい欺瞞になる」

「いや、ちがう、マット。中国は世界一ブラッフが下手な国だ。インド洋がポーカーのテーブルだとしたら、わたしが就任する前に中国は破産していただろう。欺瞞ではない」ミドキフはなおもいった。「首謀者は中国やロシアではないと思う。中国とロシアの生物兵器開発計画を、わたしたちはすべてつかんでいる」

「プリンス・エドワード諸島は、どこが監視していましたか？」

「国家偵察局《NRO》、航空宇宙局《NASA》、海軍情報局《ONI》――海軍も傍聴していた。だが、だれもが深く関与するようになったいま、だれも価値があることをなにもいわない。だから、困っている。だからCIWS《シーウィズ》を使うというような話に戻る。中国はこれにまんまと成功するかもしれない」

「オプ・センターが阻止しない限り」

「〝阻止するまでは〟といってほしい」ミドキフはいった。「中国が島の北のそこへ行くような気配があったら、攻撃命令を下す」

「そういう任務になるのであれば、CIWS《シーウィズ》はその仕事に最適な武器ではありません──」

「それはわかっている。有毒物質についてもっと詳しいことがわからないと、航空機をその地域に送り込むことはできない」ミドキフは答えた。「それに、中国艦に撃墜される危険を冒すこともできない。それでは本格的な戦闘になる」

「大統領、それがうまくいくかどうかもわかっていないことを指摘したいと思います。なんであるかわかっていない物体の粒子を海に吹っ飛ばしたら、事態がもっと悪化するおそれがあります」

「いまそれがある場所でも致死性がある。それが持ち出される危険を冒すことはできない。中国に渡してはならない」

ベリーは、議論をそれ以上進めなかった。こういったことすべてを、チェイス・ウィリアムズに強調し、そういう方向で進めるよう助言すると、大統領に告げた。

大統領が決めた条件のほかにも、ベリーには心配なことが一つあった。イエメンでの任務中とは異なり、ブラック・ワスプ部隊は、その地域で何カ国もが監視している嵐のどまんなかに送り込まれることになる。

それを思い、ベリーは三つのことを祈った。チームが成功すること、無事に脱出すること……そして、発見されずに脱出することを。

17

南アフリカ　マリオン島
十一月十二日、午前一時二十分

中国海軍の水兵たちは、月齢の浅い月が沈むのを待って出発した。アメリカとロシアが宇宙から監視しているのがわかっているからだ。月明かりのもとで行動して、監視しやすくするのは無意味だった。

数分前に中国側は前哨基地の無線機を、イースト・ロンドンのラジオの生中継と接続していた。レイバーン中佐は、怒りと吐き気に襲われながら、バッティング橋の現場からのニュースを聞いた。

われわれのせいだと、何度も心のなかでつぶやいた。

動機は問題ではなかった。〝大脱出微生物《エクソダス・バグ》〟を埋めた理由も問題にはならない。しかし、数百人が死んだことに、レイバーンは責任があった。

だが、何者かが微生物をここから持ち出して使用したことで、中国人にそれを絶対に渡してはならないし、だれにも渡さないという決意が強まった。持ちだされたのは、そんなに大量ではないはずだ。旅客機が墜落したときに焼却された分を除けば、殺戮に使われた微生物は大気中に拡散したはずだ。隔離された範囲では、微生物はつぎの宿主を見つけることができずに死ぬ。とにかく大気中では弱る。だからマブザ大尉は生き延びているのだ。

ニュースが終わると、上陸班の指揮官が依然としてレイバーンに拳銃を向けた状態で、〈上饒《シャンラオ》〉の康允成《カン・ユンチエン》一級軍士長がふたたびレイバーンに向かって無線でいった。

「べつの提案をすることを、許可された」康がいった。

「康《カン》さん、これをやめなければならない！　ニュースを聞いただろう。それでも〝提案〟するのか？」

「かえって容易になった。あんたとおれは、治療法を見つける必要があるという点で、意見が一致している。だから、われわれすべてにとって――人類全体にとって、あんたが協力するほうがいいんだ。だが、とにかくいっしょに行ってもらう」

レイバーンの予想とはちがっていたし、信じてもいなかった。エクソダス・バグを兵器化できることは明らかだ。だが、良心を満足させるために、レイバーンが自由な立場で公に治療法を探すのは至難の業だろう。南アフリカではそれは無理だし、いずれにせよこれがばれたら刑務所送りになるから、よけい不可能になる。

　クルメックが関与しているのがばれるおそれがあるから、刑務所送りよりもひどいことになるかもしれない。

「この調査に必要な装備はあるんだろうな」レイバーンはいった。

「複合艇《ＲＨＩＢ》に、完全なＨＡＺＭＡＴスーツを用意してある」

「乗組員用にも？」

「もちろん」

「港を出るときから積んでいたんだな」レイバーンはいった。「こういったことすべての前に」

「本艦では塗装作業をかなりやる。南極地帯と亜南極地帯の気候は、船体には過酷だ」

　それは事実だと、レイバーンは思った。それに、当然のことながら、中国艦がふだんから恐ろしい有害物質を取り扱っていることも事実だった。

「康一級軍士長、この接触感染の源に、あんたのチームを連れていく」レイバーンはいった。下半身の力が抜けているようなのに、力強い声だったのは意外だった。

「あんたの指図に従うよう、部下に命じる」康がいった。「だが、正直にきちんとやってくれ」

「わたしはこれを阻止したい」

「それを聞いて安心した。あんたの仲間三人は、武装した見張りを四人つけて、前哨基地にいさせる。裏切るか時間稼ぎをしたら、ひとりずつ海に投げ込む」

「ひとつだけ」レイバーンはいった。「まもなく民間の調査隊が、ここの岸に到着する。前哨基地に無線連絡するか、やってくるかもしれない」

「基地が汚染されていると警告するよう、通信士に指示しろ」康がいった。「おれは傍受している」

レイバーンは、シスラの顔を見た。「そうするのがいちばんいい、少尉」静かな声でいった。「これは命令だ」

「ありがとうございます、博士――中佐」

命令されれば、ややこしい責任から逃れられる。医療危機の最中に医官が下す命令なので、いっそう重みがある。

レイバーンは、コートのジッパーを閉めて、手袋をはめた。銃を持った男を見つめながらいった。

「康一級軍士長、民間の調査隊はあんたの艦《ふね》を見て、南アフリカに無線で――」

「その前哨基地がわれわれの支援の申し出に感謝しているといえばいい」

シスラが、打ちのめされた表情を浮かべた。レイバーンはしいて笑みを浮かべた。シスラが恥じ入って目をそらし、その催促は効果がなかった。レイバーンにはわかっていた。シスラは、南アフリカに激変をもたらし、人種平等を達成した闘争について、さまざまな話を聞きながら成長したのだ。おおぜいのひとびとが犠牲になり、シスラの世代はあらたな理想の灯を掲げる第一世代になった。

その灯を投げ捨てたと、シスラは感じている。

一行は前哨基地の建物を出て、ヘリパッドとは反対の東に向けて岩場を進んでいった。海の一五メートルほど上に砂利《じゃり》道があり、波と鳥の生息地を避ける自然の障壁になっている大きな岩のところで途切れていた。岩が風を防いでいない下のほうへおりていくと、鳥の糞のにおいに圧倒された。

レイバーンがかつてプリンス・エドワード島へ行ったときよりもひどい悪臭だった。だが、当時はなにもかも最悪だった。

ＲＨＩＢの乗員は、乗ったままだった。五・八ミリ口径のアサルトライフルを持った水兵ふたりも操舵室にいた。レイバーンは海軍将校だったが、海上のことにはうとかった。サイモンズ・タウンに生まれ育ち、海軍にはいってからも、そこから離れなかった。

中国海軍の水兵たちは、寒冷地用装備を身につけ、ぶかぶかのＨＡＺＭＡＴスーツを着て、手袋をはめていた。完全密封のつなぎ、足首を密封できる折り返し付きの靴、袖口を密封できる手袋によって、防護されていた。周囲がよく見える大きな透明のバイザー付きのフルフェイスの呼吸装置をかぶっていた。

海の風のなかで塗装作業を行なえば汚れるのが当然なのに、それらの装備にはペンキの染みなどなかった。

ＲＨＩＢは、ガソリンが燃料の船外機二基によって二五ノットで航走できる。甲板に立っていたレイバーンは、艇尾の船外機の音を聞いていた。

つねにくすぶっている中国の拡張主義とはべつのなにかかもしれないと、レイバーンは思った。絶大な好機なので、中国のいつもの組織立ったやりかたが省かれているのだろう。

戦争はこういうふうにはじまるのだと、レイバーンは思った。人間ひとりの衝動か切望によって……。

潮流に押されたのと、陸地にあまり近づくと座礁《ざしょう》のおそれがあるため、プリンス・エドワード島の北側まで一時間近くかかった。ようやくコルヴェットの約二分の一海里北に到達し、そこでレイバーンがシップ・ロックの方角を指示した。

シップ・ロックは、細長く高い大きな岩盤で、まるで入江にはいったスクーナー（高速中型帆船）が錨《いかり》をおろしているように見える。島にもっとも近い部分は、岸の三〇メートル下にある。細長い岩盤の上は平坦で、緑色の苔《こけ》に覆われ、ごつごつした岩壁が切り立っている。登れるのは、入江の〝舵《かじ》〟に当たる部分だけだった。

そこの古代の岩床の奥深くに、レイバーンはあの微生物を埋めた。そのときとおなじ方角から島に接近すると、それがはるか前の出来事だとは思えなかった。

北東の海岸線に、おなじようなごつごつした大岩がいくつもあった。レイバーンは当時、資料を読んで、そういった岩の小島が、沈泥、小石、海洋生物の死骸が何千万年も堆積してできたのだと知った。圧縮されてはいるが、花崗岩《かこうがん》や玄武岩とはちがい、割れたりひびがはいったりすることはない。だから、コンクリートの潜函《ケーソン》を埋めるのには理想的だった。木の根が遊歩道の一部になるように、いずれ大地の一部になる。

シップ・ロックに達する前に、レイバーンは水上機二機が沖から低空飛行で接近してくるのを見た。二機のライトとそれが海面に反射しているのが目にはいった。二機は影を曳《ひ》いて、プリンス・エドワード島から突き出している数カ所の岬の蔭に見えなくなった。あたりは暗かったし、二機は前方の墜落現場を探していたので、ＲＨＩＢとコルヴェットに気づいたかどうか、レイバーンにはわからなかった。

レイバーンは、目的の場所に視線を戻した。岩壁は暗かったので、探照灯をつけるよう艇長に指示した。探照灯ふたつがぱっと点灯し、岩を８の字を横にした形に照らした。バイザーはまぶしい光を遮るために偏光がほどこされていたので、ぼんやりとした赤い映像しか見えなかった。それが目にはいったとき、一瞬、頭の働きが鈍った。

あれはいったいなんだ？

例の物質は、高さが二メートルほどの角がすり減ったピラミッド形の岩の向こうにある崖《がけ》に、斜めに埋め込んであった。崖にくっついている岩が、それを隠し、風雨から防いでいた。そのまわりには、レイバーンがかつて作業したときに足場に使ったもっと小さな岩があった。

レイバーンは、船外機を切って岩の南にまわるよう命じた。ピラミッド形の岩は変わりなかったが、一度穴をあけたあとでなめらかに仕上げた向こう側の崖の表面が、異様なまでに焼け焦げていた。海面からそう離れていないところを掘ったので、風雨と波によって劣化するのは予想していた。だが、それとはちがう損害が生じていた。

レイバーンが選んだのとまったく同じ場所に、小さな穴が三つ掘削されていた。約三〇センチの間隔で、穴が並んでいた。故意にその場所が選ばれたのかもしれない——だが、足場がいいから選ばれた可能性のほうが高かった。穴そのものは手動のドリルで掘られたらしく、小さかった。地質学者か機構学者がサンプルを採取するために来たのだろうと、レイバーンは結論を下しそうになった。しかし、ただ穴をあけただけではないようだった。土木工事でダイナマイトを仕掛けるときに掘る穴のようだった。

しかし、そこで使われたのはTN爆薬ではなかった。穴を掘った人間は、強力な酸を使っていた。

それも、ピペットで垂らすような少量ではない。ステンレスの容器のコアサンプルを取り出せるように、大量の酸が流し込まれて、岩を焼いていた。

穴の下の岩は焼け焦げ、酸の流れた跡が溝になり、腐敗していた。宇宙から見た川のように曲がりくねった切り傷が残っていた——マクロの世界を縮小したような奇妙な図形だった。レイバーンが数えると、七つあった。何カ所かは亀裂がかなり深く、奥のほうが暗くて見えなかった。

そして、なめらかな細い溝は、海面よりもずっと下までのびていた。指のようにひろがって、狭い水路から海水が流れ落ちていた。空洞が水没していないのは、かなり深いところまで通じているからだ。おそらく酸が、岩盤の基部にある水面下のエアポケットをいくつもつなぎ合わせたのだろう。

それによって数種類の気体が放出され、微生物の上昇をもたらしたにちがいないと、レイバーンは思った。

なんという途方もない筋書きだろう。安全なはずの空気が、封じ込められていた微生物を解き放つのに最適の媒体になった。

中国人がしゃべっていたが、なにをいっているのか、レイバーンにはわからなかった。前方を見つづけて、岩と海との相互作用を観察し、海水の塩分は微生物にどう作用したのだろうと思った。あの生命体は好塩菌ではない。人間の体内でナトリウムと結合しないように遺伝子操作されている。そうでなかったら、動脈の壁にくっつくはずだ。海水が押し寄せたことも、封じ込められていた場所が破られたときに、微生物がそこを離れるよう刺激したかもしれない。それと、海水の温度が岩よりも高かったことが。

どうしてこういったことすべてを考慮しなかったのだろう？　レイバーンは自分を叱りつけた。だが、答はわかっていた。自分とクルメックがあわててあれを始末したせいだ。

さらに近づくと、角度によっては岩に刻まれた苦悶《くもん》の表情や人影が見えるような気がした。それが光とともに動き、のび、よじれ、長くなった——。

拳銃を持った下士官が、あいたほうの手でレイバーンのバイザーの横を叩き、肩をすくめてみせた。

「どうする?」フィルター越しのうつろな声で、レイバーンはいった。それから、自分と恐ろしい彫刻を指差した。「わたしは行く」

下士官が自分の胸を叩いた。自分も行くという意味だ。

艇長が遠隔操作で探照灯を水面に向け、レイバーンに付き添っていた下士官が、手を借りてバックパックを背負った。RHIBの舷側は腰の高さだった。ふたりはその手摺《てすり》につかまって、滑りやすい甲板を進んだ。硬式の甲板もゴムの舷側も、飛沫で濡れていた。波と風の両方が、飛沫を撒き散らしていた。半円形の広い入江という地形が風を加速させ、小石が散らばるシップ・ロックの表面に向けて気流が渦巻いていた。潮流に押されてシップ・ロックに近づいていたので、船外機は回転を落とし、舵を取るのに使われていた。艇首が岩にまともにぶつからないように、艇長がたくみに操縦していた。RHIBに乗ったままで調べるのは無理だった。苔で滑りやすい下のほうの岩に足がかりを見つけるしかない。

ＨＡＺＭＡＴスーツの頭部が、つねにうつろなブーンという音をたて、レイバーンの耳にそれが伝わっていた。風と砕ける波のせいだった。幾重にも着込んでいるので動きづらく、しかも寒かった。汗が氷のように冷たくなって、凍えそうになった。注意を集中するのに努力が必要だった。艇首まで行くと、中国海軍下士官が手摺のところで岩のほうに手をのばし、ズボンの深いポケットに渋々拳銃を入れた。

ごつごつした岩々の下で渦巻く潮流に洗われている、浸食で平坦になった足場用の三メートル四方ほどの岩を眺めながら、いったいどういうことに遭遇するのだろうと、レイバーンは思った。長い歳月を経てふたたびここに来たいま、以前も潮の力が強いのを憶えているのが、不思議な感じだった。いまは満潮だった。ファン・トンダーの哨戒に発見されないように、夜にやってきた侵入者たちは、岩のあいだで移動し、かがみ、体を押しつけて、身を隠すことができた。

中国海軍下士官が、最初に岩におりた。手摺の向こう側で、岩場に立った。ＲＨＩＢの予想外の動きにひっぱられそうになったときに、手摺から手を放した。焦茶色の岩の表面で滑りそうになったが、掘削された場所のすぐ右の岩棚をつかんだ。背中を岩にしっかりとつけて、レイバーンを手招きした。

レイバーンはためらった。海に落ちたら、付き添いが岩から離れる前に、波に流されてしまう。下士官が、さらに執拗《しつよう》にレイバーンを手招きした。

レイバーンは手摺につかまった。海水のせいで滑りやすくなっていたので、しっかり握った。岩に手が届くと、ほっとした。とにかく岩は動かない。レイバーンは手摺から手を離し、付き添いの下士官のところへ、足を滑らせながら歩いていった。下士官がレイバーンの袖をつかんだ。レイバーンは注意を促すために、驚愕している顔を下士官に向けた。

「ＨＡＺＭＡＴスーツをひっぱるな！　ここには恐ろしい微生物がいるんだ！」

下士官にその言葉の意味はわからなかったが、意図は伝わった。下士官が用心深く手を離した。レイバーンは、体が安定するように岩に手をついて、不揃《ふぞろ》いな異様な掘削のほうを向いた。

その三つの穴は、肩の高さにあった。レイバーンとおなじ背丈の人間が、掘削ドリルを持って体重をかけ――手動のドリルをまわしたのだ。表面がなめらかでないのは、回転が速く均等に掘れるドリルではなかったからだ。レイバーンは、開口部を見おろした。突き出したフェースプレートの許す限り、もっとも大きな穴を覗き込んだ。

下士官がレイバーンの肩を叩いて向きを変え、バックパックを見せた。レイバーンは理解した。バックパックの横のジッパーをあけて、探照灯の光をなかに当て、フラッシュライトを見つけて取り出した。穴の奥を照らした。

見える範囲はすべて、異質な現実離れした光景だった。やはり酸が採掘の道すじをつけ、ヘドロに覆われたコンクリートの潜函《ケーソン》が、水面の一二〇センチ下で露出していた。酸が垂れてできた穴が十カ所にあり、いずれも五、六センチ程度の大きさだった。だが、穴があいたことで、密封された微生物の容器は、酸で腐食したにちがいない。

レイバーンは、中国海軍下士官のほうを見た。なにも残っていないと伝えたかったが、信じてもらえないだろう――それに、ケーソンを壊せばわかることだ。レイバーンは渋々うなずいた。

下士官がフラッシュライトを受け取り、水面を照らした。ひざまずき、圧縮された岩壁を眺めた。小石をひとつ拾って、古代の人間が火をおこそうとするかのように、岩の表面をこすった。そこに深く白い印をこしらえた。

満足すると、下士官は小石を捨てて、レイバーンにＲＨＩＢに戻るよう合図した。切迫した態度が、はじめて和らいでいた。意図は明らかだった。潮汐《ちょうせき》のことを知っているにちがいない。何時間かたって潮が引くのを待ってから、岩棚に戻ってケーソンの中身を回収するつもりなのだ。

（上巻終わり）

●訳者紹介　**伏見威蕃（ふしみ　いわん）**
翻訳家。早稲田大学商学部卒。訳書に、クランシー『ブラック・ワスプ出動指令』、カッスラー『地獄の焼き討ち船を撃沈せよ！』（以上、扶桑社ミステリー）、グリーニー『暗殺者の回想』（早川書房）、ウッドワード『RAGE 怒り』（日本経済新聞出版）他。

殺戮の軍神（上）

発行日　2023年8月10日　初版第1刷発行

著　者　トム・クランシー＆スティーヴ・ピチェニック
訳　者　伏見威蕃

発行者　小池英彦
発行所　株式会社 扶桑社
〒105-8070
東京都港区芝浦1-1-1　浜松町ビルディング
電話　03-6368-8870(編集)
03-6368-8891(郵便室)
www.fusosha.co.jp

印刷・製本　図書印刷株式会社

ISBN 978-4-594-09550-5　C0197